一 个 不 大 的 房 间

——你和我，书店和作家们

袁赟 编著

青岛出版社
QINGDAO PUBLISHING HOUSE

生命都需要红地毯

梅子涵

　　袁赟是一个书店职员。我为什么一直都觉得这是一个十分好的职业？大概是因为小时候我走进书店，看见的是他们的身后总是站立着书柜，他们总是站立在书柜前。我喊他们叔叔阿姨或者伯伯，我看着那些书，几乎想买下每一本，可是却只能难得地买一本，把书递给我的就是他们，他们是递书的人。

　　袁赟不直接收钱、递书，她每天上班就是构思怎么让那些写书的人和喜欢阅读的人见面，她每天就构思这些，设计方式，让书和阅读者不只是你卖我买。写作的人和阅读的人往往不可能相见，你在云里雾里，我只是一个捧着云和雾的人。现在他们只是在一个很短很真实的距离里了，最大也就是一个礼堂、一个操场，声音和笑容全在耳边、眼前。台上人真实和优雅，真实和优雅就在台下记忆中栽种下，台上笑容做作、声音没有旋律，台下眼睛和耳朵也自然会嫌弃地撇下。所以，这的确是一件普及见识、推进文化、优化审美、复兴国家的事情。活泼的袁赟每天为这事过得忙忙碌碌、蓬蓬勃勃，她还每天为这忙碌、蓬勃的职业和生活写下记录和感动，她也把撂下的撂下，栽种下的就写出了这一本书。她为职业殷切地努力，职业也报答地送给她一个果子，这个果子是有好看颜色和清香味道的。

这是一本可以读到写书的人的故事的书，这更是一本可以读到蓬勃的职业热情和灵感的书，这是一个在书店上班的人阅读的故事，所以她才读得懂写书的人写出的故事，读得出他们的性格乃至优良的人品。一个写作的人能遇上这样的书店人，他写出的书被放上书店的柜子都会更有气质、诗意、尊严，就像那个《花婆婆》里的女孩、女生、女职员、后来的白头发老婆婆，在她当着书店职员的时候，一本书被她放进书店的柜里，都会更吸引人，如同她后来种的花，丛丛都更鲜艳。

在书店上班的袁赞们，你们应该也会是这样。

所有写书的人走进书店，看着这样的你们，看见的就不只是你们，而是也看见了一本本的书，你们也是我们职业的书！

所有努力、辛勤、精致、含有生动神情和笑容的职业人，都是生活的书、世界的书，所有用心思、倾注热情的职业者，都是生命的写书人！

安徒生写过一个童话——《职业》。它有一个重要的意思是，每一个职业，每一份生计，每个供养自己的劳动，都需要规定的眼力和听觉，你要看得见、听得见，你的热情就可以生长和旺盛，否则喊着、急着、交困不安，还是不能在复活节前当成诗人。每一个职业都可以当成"诗人"，当成翩翩舞者，句子和旋律全由你自己写出，而也可能懒懒沓沓、哈欠连天度过青春、混完一生。恰好是当不了"诗人"和"舞者"的人，会整天埋怨、说东道西。《职业》的结尾幽默也辛辣，那个当不成诗人的年轻人困惑地问智慧的巫婆："那么我可以在复活节前当什么呢？"巫婆断然回答："你最适合当批评家！"而这里的"批评家"当然不等同于我们通常说的真正的批评家，只是我们现在所需要的真正的批评家数量很不够，埋怨、数落者又"超载"。

袁赟在她的职业里是当着诗人和舞者的，她当得很好。很多被她设计、安排过和阅读者们见面的写书的人都说她当得很好，她的那些同事朋友们和她一样也都好，他们为自己职业的走出去、走进来编织了一块集体的红地毯，令人富有激情和诗性地走过。我也在这红地毯上行走过，我记得住这些编织者的笑意和安安静静的勤快。袁赟的这本书里闪现出了一个集体的光亮！她代言了他们。它是青岛的光亮，也是所有书店职业的未来光亮！

年轻的青岛书店的小袁，一个学习英语、喜欢阅读、爱着文学、语言感觉灵敏的人，每天记录职业和生活并且可以讲述出来，专业、职业和养家糊口之外的趣味、喜爱。这样结合着书写日子的人，都是活得现实的浪漫人，都是浪漫的现实人。

写下这段文字献给你，献给属于这样的人的大家。

生命都需要红地毯。

真善美

高建刚

　　袁赟在新华书店工作，她能在业余时间写下这么多有情感温度，有审美收获的文字，既在情理之中，又在情理之外，且多为后者。袁赟在书店从事的工作就是与知名作家、学者和书打交道，她认真、勤奋，充满热情地工作，并把自己工作中有价值、有意义、有故事的点滴记录下来，这是情理之中。情理之外是，我曾在新华书店工作多年（满满一捧年轻的好时光都捧给了书店），深知在书店工作，业余时间写作的艰难。这艰难不仅是时间和体力上的不足，最主要的是经营图书会使你对书的兴趣变得淡薄，对文字变得麻木。并非人们所想象的那样，身处书店，近水楼台，能多读书，读好书，或者耳濡目染也能使人学问见长，书写能力变强。相反，身处此境想读书写作，需要一种自我激励的精神和力量去克服那些负面影响。

　　袁赟的这本《一个不大的房间》让我想起英国小说家伍尔夫的《一间自己的屋子》，伍尔夫书写的是她那个时代的女人应该怎样独立、怎样活着、怎样表达自己的心声。袁赟写的是她在组织策划新华书店新书发布会、城市课堂、汇泉讲堂等一系列工作中，与作家、学者交往的印象、感受和所涉及的相关学问的思考。我这样说，并没有把袁赟与伍尔夫相提并论的意思，而是想说作为女人的共同特征，那就是做自己想做的事情，而且一定要实现。就像袁赟非常信服的一句话："当你真的想做成一件事情的时候，整个宇宙都会联合起来帮助你。"

袁赟在这本书中讲述了她与许多名家来往的经历和感受。在她眼中这些名家不摆架子不摆谱、平易近人、和蔼可亲、重情重义。比如，她与梅子涵教授之间的交谈和邮件来往，很多内容是梅子涵教授与其探讨文学创作和思想交流的。她与作家肖复兴的交往也体现出，肖复兴对年轻作者认真负责的态度和处处闪耀着的友谊之光的情意。在他们游览海边至栈桥附近，袁赟带肖复兴一起去栈桥书店小憩片刻时，肖复兴兴致盎然，随即成就的一篇《栈桥书店》，使栈桥书店层出不穷地出现在诸多报刊媒体上。与作家、诗人赵丽宏的来往，友情细腻感人，当某一天袁赟收到赵丽宏从上海寄来他新出版的诗集《疼痛》英文版和《为你打开一扇门——赵丽宏的18堂语文课》，她的感动和兴奋难以言表，因为她没想到赵丽宏这样一个大作家竟记住了她学英文专业并爱好文学。书中类似的经历和感受俯拾皆是。

其实，袁赟感受到的这些好，与她为人处世和自身的气场是分不开的。怎么准确表达这层意思呢？对，就是真善美。袁赟是真实的一个人，善良的一个人，美好的一个人。所以她赢得了人们对她的好，包括我这篇短短的文字。

做有文化情怀的新华人

李茗茗

第一次看到袁赟这个名字，读到她的文字，那还是七八年之前的事儿了。当时我还在青岛出版集团少儿期刊中心任总编辑，集团工会每个季度会编印一期《工会简报》，各子公司和部门会将近期的亮点活动和亮点工作报道交流。结合集团业务也会有一些年轻人的文章，关于编辑的故事或者阅读的体会，又或者是好书推荐。袁赟的名字经常出现在上面，她的文字不错，所以这个名字给我留下了深刻印象，对名字下面的文章也颇有好感，心里感叹书店真是藏龙卧虎。没想到的是2014年2月我被集团安排到书店任职。到岗后各个部门跟大家见面，走到企划部，陪同的同事介绍一位个子不高、容貌清秀、眼睛楚楚有神、颇有气质的女生，说："这是袁赟。""你就是袁赟？我看过你的文章，文笔不错！"袁赟的表情显然有点儿吃惊，接着露出羞赧的笑容。

我到书店后，青岛新华书店面临着经营和管理快速转型升级的迫切需求，特别是门店的转型升级。随着经济的发展，人民生活水平的提高，读者阅读方式和消费方式不断升级的势头已不可阻遏。新华书店平台已经到了必须转型的窗口期，即从单纯卖书的商店，向提供以阅读服务为核心的多元化、全方位、复合式文化消费体验空间和文化生活方式转变。而书店除了立足生存的基本的商业定位之外，要与时俱进，要提升影响力，要做强做大，必须回归文化本位，丰富文化内涵，以文化时尚和时尚文化服务文化强国战略，满足消费需求，引领消费市场，开辟新的发展空间。而要回归文化定位，丰富文化内涵，必须借助上游文化资源，利用本土的文化优势，以媒体运营方式策划组织高质量的品牌活动，打造有传播力和影响力的名牌活动，才能让书店成为本土文化高地，也更需要一支爱书、读书、懂书的专业化、职业化队伍。

在少儿期刊中心工作的十八年，我曾带领团队组织过很多全国性活动，基于此，在班子分工时我主动分管了企划部。与袁赟的接触多了，她负责组织主持"文化名人校园行"系列活动，还经常主持青岛书城的各种活动。接触著名作家的机会很多，接触各界文化名人的机会也不少。我知道袁赟爱写作，文笔不错，也爱读书，是有文化情怀的书店人、"新华人"。有一次活动之余我鼓励她，应该把作家和文化名人的每一次活动，除了图片记录，也要用文字记录下来，要把与他们接触中的故事、体会和所得记录下来，要学习他们、了解他们、研究他们，多读他们的作品，与他们成为朋友，提升自己的同时，也为青岛读者、为青岛新华不断积累高水平的文化活动资源。我说：这些记录文字积累到一定的程度，可以出版一本书，青岛新华曾经走出过作家，现在的青岛作家协会秘书长高建刚（2017年12月当选青岛作家协会主席）当年就曾经在新华书店工作，我们书店也要培养自己的作家。当自己成为作家，与作家交流的层次和深度就不一样了，我们之间的合作会更深入、更广泛。

我有心说的一句话，袁赟也有心听进去了，并立即付诸行动。两年的时间，与几十位作家交谈并有书信来往，其中有著名儿童文学作家、上海师范大学教授、博士生导师、中国阅读推广奠基人梅子涵先生；著名作家、"中国文坛常青树"梁晓声先生；著名作家、全国政协委员、上海作家协会副主席赵丽宏先生；著名美籍华人作家严歌苓女士；著名作家、作品入选茅盾文学奖的杨志军先生；还有肖复兴、张之路、林少华、韦力、宋文京等二十多位作家和文化名人；创建了世界最美书店的钱小华先生也给予了回应和支持。

作为青岛新华书店的掌门人，我要感谢这些大家给予我们团队年轻人的鼓励和支持，我知道他们在百忙之中对于一名无名后辈的提携引导，不仅是对一个个体、一家企业的支持，更是对这个行业的支持，他们希望行业，尤其是新华书店系统，能有更多的爱书人、懂书人、写书人。特别让我们感动的是：梅子涵先生不仅接受了一位年轻后辈的约稿，还亲自为她的书写了序——《生命都需要红地毯》；青岛作家协会主席高建刚先生也为袁赟的处女作《一个不大的房间》欣然提笔撰序《真善美》；青岛出版社编委会的认同，让本书顺利通过选题论证。还要感谢我刚参加工作时的对桌老兄、现任青岛出版集团孔子书房出版中心的副总编辑吴清波先生不仅全力指导、竭力推荐，并且还亲自做本书的责任编辑，他说：这本书的出版对书业尤其是新华系统都有重要的意义。我想他与以上提到的各位大家的想法和心愿是一样的。

千里之行始于足下，《一个不大的房间》对于袁赟来说仅是一个开端，希望她坚持写作，不断有新作品推出，也希望青岛新华能有更多的"袁赟"出现。心有多大舞台就有多大，新的时代，新的征程，新的使命，只要付出新的努力，就会拥有更加美好的未来。

目录 Contents

序一　生命需要红地毯　梅子涵

序二　真善美　高建刚

序三　做有文化情怀的新华人　李茗茗

他从那片绿绿的爬山虎中来　003
　　　肖复兴 / 海边的书店　012

绝非偶然　017
　　　赵丽宏 / 读书是永远的　024

不一样的梅子涵　031
　　　梅子涵 / 散文　044

谁让谁认识了谁　049
　　　林少华 / 我的书房　057

飘扬的青春　060
　　　梁晓声 / 抵抗寂寞的能力　067

静静地，春天来了　072
　　　厚朴 / 读书者乐树　078

从中国的西顿到英国的沈石溪　081
　　　沈石溪 / 欣赏动物的美丽和高贵　087

阳光姐姐的阳光　097
　　　伍美珍 / 我看的第一本童话　103

从此岸到彼岸　106
　　　杨志军 / 我们为什么需要文学　113

理科思维下的儿童文学作家　116

　　张之路 / 看闲书　123

玫瑰与数字　127

　　蔡天新 / 那个叫胶东的地方　134

日子就像熬一碗八宝粥　140

她比她笔下的女人们更优雅　147

我们的老朋友　154

　　宋文京 / 藏而不藏，舍而不舍　162

不约而同　166

　　茉莉 / 放下手边的事，来读一本书　173

在书店小站片刻　177

　　绿茶 / 青岛书游记　189

　　韦力 / 一天　197

榜样　204

样子　212

后记　一个不大的房间　221

一个不大的房间

你和我，书店和作家们

A Small Room

You and Me,
Bookstore and Writers

晨兴躬耕稼穑

夜读并藏书

效翁付贤栈桥书店

肖复兴

丁酉仲夏日

青岛沙子口渔村 丁酉仲夏肖复兴速写留念

记忆中总有一片爬山虎，绿绿的。

读《那片绿绿的爬山虎》已经是很多年很多年前了，以至于我都不记得当中写了什么，印象中只隐约记得有叶圣陶老先生的名字，好像还应该有一片绿绿的爬山虎的图画。直到最近一次阅读，这些记忆才慢慢清晰，而文中那个初中三年级的小男孩早已经是一位大作家了。他就是作家肖复兴。

对作家们的迎来送往是我的一项工作，我与作家的相遇似乎总不外乎机场或是车站。于是机场和车站也成为我期待和留恋的地方。

迎接肖复兴老师的到来是在火车站。

那是一个秋日午后，阳光明媚，却刮着大风。肖老师乘坐的高铁从北京南出发，于下午两点十分准时到达青岛。陈天中、杨武添（两位是出版社的编辑和发行员）和我早已等在青岛火车站西出站口，看到屏幕上火车到站的信息，我们不停地张望着远方出站的客人，由远及近地扫视，当出站的乘客越来越少时，依然没有看到肖老师的身影。陈天中拿起电话拨给肖老师，肖老师说："我已经出站，在门口了。"我们匆忙地向外走，一眼就看到了肖老师。肖老师一手提着一个背包，一手臂弯上搭着一件外套，和蔼地笑着，用手指指右侧的玻璃门，说："瞧，这个通道人少，我就是从这里出来的。"看着肖老师指向的方向，我有点儿不好意思，心中默默地感叹人生的错过与相遇——那时我就站在玻璃门的旁边。

坐上商务车，一路向北。行驶在环湾路上时，肖老师感慨青岛的变化真大，身为作家的他曾经到青岛港体验过生活，而此时我们的车辆刚刚穿过青岛港。如今的青岛港已经是一座全部现代化，并拥有一百一十多年历史的国家特大型港口。城市养育了它，它也见证了这座城市的发展。当年肖老师体验生活写下的文字也成为青岛港建设历史的见证，成为这座城市的回忆。

接下来的几天，我们将陪同肖老师到学校为老师和孩子们讲述"阅读让成长更精彩"。四天六所学校六堂精彩的语文课（胶州实验小学、胶州向阳路小学、胶州香港路小学、崂山第二实验小学、崂山第一实验小学、崂山第三实验小学），细细连起来就是一部教孩子们如何阅读和写作的宝典。在其中一节课堂上，我听到有个孩子窃窃私语，"这是我第一次见到作家"，另一位挂有三道杠的孩子一边悄悄做着不要讲话的手势，一边小声补充道"我也是"。课堂下，老师们争先恐后地请肖老师签名、合影，一位老师激动地说："肖老师，您来到我们学校，我们实在太开心了，有种您从课本中走出来的感觉，简直不可思议！"此情此景仿佛又让我回到了那片绿绿的爬山虎：

> 我应该庆幸，有生以来第一次见到作家，竟是这样一位大作家，一位人品与作品都堪称楷模的大作家。他对于一个孩子平等真诚又宽厚期待的谈话，让我15岁那个夏天富有生命和活力，仿佛那个夏天变长了。我好像知道了或者模模糊糊懂得了：作家就是这样做的，作家的作品就是这么写的。
>
> ——《那片绿绿的爬山虎》人教版课标本第七册课文

青島栈桥書店即景 *RUXING* 2017.10.31.

青島栈桥書店一隅 *RUXING*

孩子们，你们的这个秋天是否也变长了？将来的某一天，你们是否也会成为作家？

从学校出来，我们一路沿着海边向东行驶。大海、沙滩、海岸线让肖老师感叹青岛的美丽和独特。肖老师说："青岛的海边有欧洲海边的气质。"我连忙补充道："我们的海岸线被包裹在城市中，我们真的是海里出生，海边长大的孩子。"肖老师笑笑说："以前我的儿子每次从国外回北京之前都会到青岛住一段时间，他喜欢这个城市。"平和的语调，简单的叙述，却让我心里美滋滋的，一路乐个不停。

读过肖老师写的散文集——《疯狂的腿》，得知他去过很多地方，见过很多美景，无论是江南的春天，还是北国的冬天，无论是中原的秋天，还是南疆的夏天，无论是沙漠之花，还是加州之海，无论是石林细雨，还是波兰阳光。走过祖国的大江南北，世界的无数角落，他依然赞美这个躲在角落里的小城，依然喜爱这个在山的那边，海的这边的小城。

走着走着，我们来到了一个"小小渔港"，虾、鱼、蟹的腥味扑鼻而来。出海归泊的渔民的吆喝声、摊主与顾客的讨价还价声此起彼伏，渔民、摊主、顾客的脸上洋溢着收获的喜悦。远远的几只渔船上还盘旋着几只海鸥，嗖地一下掠到船上，又迅速地将头抬起，继续盘旋在船身上空。肖老师乐此不疲地用手机拍摄着渔港的美景，远处的"落霞与孤鹜齐飞，秋水共长天一色"，近处的自然的、闲散的市井之声，随着夕阳西下都渐渐地安静了下来。

第二天一早，当我们准备出发去一所新的学校时，肖老师说："有一个礼物送给你。"我急忙推脱，他笑着从随身的公文包里拿出了一张渔港小画，说："这是昨晚刚刚画好的，因为随身没有带画笔和画纸，就用普通的笔在酒店的信笺上画的。"看着这幅专门送给我的画，我有太多感触，却不知如何表达，是感动、激动还是狂喜？总之，就是喜出望外。早就知道肖老师绘画艺术精湛，也早就惦记着何时可以收藏一张肖老师的画，可是见到他这几天劳碌奔波，课程满满，课后还要在一本本图书上签名，我又怎能忍心开口索求画作呢？而此时此刻，却感觉幸福来得太突然。站在一旁温文尔雅的陈天中说："快收下，我跟肖老师认识这么久了，还从没收到过肖老师的画呢。"我如获至宝，将其仔细夹在书中，小心翼翼地放到随身所背的书包里，心中的喜悦久久不能平复。

我送给肖老师点儿什么呢？那一天，我想了许久，最后决定带肖老师逛一逛我们的栈桥书店，我知道他一定会喜欢的。这一点在后来肖老师发给我的他写的《海边的书店》中足以证明：

因为靠近海，离青岛最老的地标栈桥很近，这家书店取名为栈桥书店。书本来就是连接读者和作者、外界与内心、想象及现实的一座桥。店名取得也适宜，朴素却也虚实相映、阴阳互补。我对它感兴趣，多于和它相距不远的另一家书房，那也是一家新开不久的书店，依托曾经住人的老洋房翻新而成的书店。只是这样的书店，我在国外见过很多，并不新奇。前几年，我在美国新泽西见到一家名为书虫的书店，也是由一幢老别墅改成，和房子一样彻底的老，不像我们这里愿意化旧为新，将皱纹涂抹成鲜艳的酒窝红唇，只留下几张老照片挂在墙上，让人们遥想当年。

这篇肖老师写栈桥书店的随笔，最初刊登在 2017 年 11 月 23 日的《北京晚报》上，后来《齐鲁晚报》也转载了，再后来媒体纷纷转载，一时之间我们的栈桥书店又"火"了。2018 年初，在全国最美书店的评选中，栈桥书店榜上有名，全国只有十家书店入选其中。尽管我不知道这个奖项的评选是否跟作家笔下的文字有关，但是书店也是连接作者和读者的一座桥梁，而我们，也是这座桥梁的一部分。

送别肖老师是在机场，他说我如他的闺女一般，还说我有个生活在美国的哥哥，叫小铁。望着肖老师的背影渐渐消失在人群里，我的心里默默念着：肖老师，一路平安，期待您和小铁哥哥一起再来青岛！

2018年5月，我在书店看到了"2017中国好书"的陈列码堆，一眼就看到了《我们的老院》，是肖老师的作品。前言中，肖老师写道：

纳博科夫曾经说过："任何事物都是建立在过去和现实的完美结合中，天才的灵感还得加上第三种成分：那就是过去。"过去的作用，对于文学创作就是这样巨大。在时间的作用下，过去有了间离的效果；在想象的作用下，过去成为写作的酵母。于是，人生不仅是人生，还可以是文学；不仅可以让我们回忆，还可以让我们品味。杜诗云："自古皆悲恨，浮生有屈伸。此邦今尚武，何处且依仁。"便是让我品味我们的人生、品味我们的老院的路标和路径之一，自古如此。

每一个人都应该有自己品味的人生，欢喜地缓缓地写下来，念出来……

肖复兴，作家。现居北京，毕业于中央戏剧学院。著有长篇及中短篇小说集、散文集、理论集等一百余部作品集。曾多次获全国及北京、上海地区优秀报告文学奖等奖项，并获得"全国中小学生最喜欢的作家"称号。

海边的书店

肖复兴

在海边，多有餐馆酒吧或礼品小店。如果是书店，一般不会选择在海边，而会在小街深巷里，世界各地皆然。但在青岛，如今多了一家号称离海最近的书店。当然，这多少有些夸张，离海边毕竟还有一条街的距离，能看到海，还不在海边。不过，这已经很不错了。北京这么多大小书店，装潢得再豪华，品种再齐整，不要说靠海了，连一家是近水临风的都没有。

要感谢这次来青岛结识了袁赟，她和我的孩子差不多大小，也是个爱书的人，所以感到很亲切。是她的提议，带我来到这家书店。因为靠近海，离青岛最老的地标栈桥很近，这家书店取名为栈桥书店。书本来就是连接读者和作者、外界与内心、想象及现实的一座桥。店名取得也适宜，朴素却也虚实相映、阴阳互补。我对它感兴趣，多于和它相距不远的另一家书房，那也是一家新开不久的书店，依托曾经住人的老洋房翻新而成的书店。只是这样的书店，我在国外见过很多，并不新奇。前几年，我在美国新泽西见到一家名为书虫的书店，也是由一幢老别墅改成，和房子一样彻底的老，不像我们这里愿意化旧为新，将皱纹涂抹成鲜艳的酒窝红唇，只留下几张老照片挂在墙上，让人们遥想当年。

栈桥书店是由一家老式传统的新华书店改造而成。现在，栈桥书店走的是时尚的路子，这在全国书店新一轮的起落中，并不新鲜。新鲜的是，它靠的不是大同小异的时尚装潢，惯性地沿着台湾诚品书店的路下滑。它靠的是海，是得天独厚的自然风景，便也手到擒来成为书店的借景，进而形成自己的背景。尤其是一楼，迎面一张硕大的渔网打捞上来的一本本书，蓝屋顶飞翔着一只只洁白的海鸥，已经将它张扬的企图和内心的渴望彰显无余。它打出的是海洋文化的牌，这张牌上的logo，无须人工再来设计，它前面的海和栈桥便已经自然而然地形成。

有牛肉面之类的快餐和西式的大餐，

满足不同读者的需要，可以小酌，可以慢饮，也可以久坐促膝交谈，或将朋友的聚会、商家的社交，换一个书店的环境，沾一点儿书香。看看价格表，还都适中，并非梦想靠它贴补书店的亏空。

临窗的地方，大多安放了舒适的沙发。明确地昭示着，来青岛游玩的人，在海边玩累了，在栈桥照完相了，可以过街到这里小憩。这里有舒适的环境，有不贵的冷热小吃，也有丰俭由人的餐饮。即使什么也不买，什么也不吃，坐在免费的沙发上歇歇脚也好。来的都是客，走了都会将这家书店的印象带到全国各地。如果能买到一本自己心爱的书更好，如果从书架上挑选自己喜欢的书，倚在这里的沙发上读着读着睡着了，进入的是另一种世界。那世界，是书的，是书店的，也是你自己的。

我来到这里，正是秋冬交替的季节，遇见它，有种落花时节又逢君的感觉。说是又逢，是因为以前来青岛多次，也曾经路过这家书店，只是未曾进去，而如今它焕然一新，世事沧桑中，让我感到读书人和卖书人在变与不变之间的浮沉、纠结与坚持。

在一楼靠窗的那一排沙发上，我看见坐着几个年轻的姑娘，手里捧着书在读。我不知道她们是青岛人还是外地的游客，忽然觉得这时候，读海明威的《老人与海》、读麦尔维尔的《白鲸》很合适，他们写的都是海。再有，读陈梦家当年为青岛写下的《海》更合适："我与远处的灯塔与海上的风/说话……那是智慧明亮在海中的浮灯/它们在海浪上吐出一口光/是黑夜里最勇敢而寂寞的歌声。"坐在这里读这样的诗句，海就在前面，灯塔也在前面，海上的风吹来，能够吹拂在你的身边。坐在这里，读这样的书，纸上黑字栖鸦，窗前幽身化蝶，会让你的心像大海一样澄静而辽远，甚至因为你和这家书店的邂逅而发生一个意想不到的故事。这个故事或许是发生在书店里，又或许是在你片刻的梦里。书店，会是比商店和餐馆更容易发生故事的地方，巴黎的莎士比亚书店、伦敦的查令街84号书店、旧金山的时代之光书店，不都是这样的书店吗？

当然，最好能把陈梦家的这几句诗，先刻印在书店里。

微　笑

阳光下的冰凌
雪地里的暖风

稚拙半息
依然听不到幕后的歌声

晨星初露
依然看不见灿烂的霞云

一个遥远而又亲近的期盼
一个平淡而又艰深的谜

1982年秋
（选自1983年5月13日《文学报》）

赵丽宏（1950——），上海市人。中学毕业后曾下乡插队落户，当过教师。1977年考入华东师大中文系，1982年毕业，现从事文学编辑工作。主要作品为诗、散文、报告文学。出版的诗集有《生命草》、《诗魂》、《期期》，散文报告文学集有《湘妃竹》、《心画》、《维纳斯在海边》等，系中国作家协会会员、上海市文联委员、上海作家协会理事。

央视主持人董卿在"朗读者"节目中引用过《牧羊人的奇幻之旅》中的一句话："当你真心渴望追求某种事物的话，整个宇宙都会联合起来帮你完成。"这是她在做"朗读者"节目时深深地感受，而我在回忆并写下有关作家赵丽宏的文字时，也深深地感受到了一种绝非偶然的际遇与能量。

坐在书桌前，阅读赵丽宏写的一篇怀念父亲的散文：

在我的所有读者中，对我的文章和书最在乎的人，是父亲。

……

前几年，有一次我出版了新书，准备在南京路的新华书店为读者签名。父亲知道了，打电话给我说他要来看看，因为这家大书店离我的老家不远。我再三关照他，书店里人多，很挤，千万不要凑这个热闹。那天早晨，书店里果然人山人海，卖书的柜台几乎被热闹的读者挤塌。我欣慰地想，好在父亲没有来，要不，他撑着拐杖在人群中可就麻烦了。于是我心无旁骛，很专注地埋头为读者签名。大概一小时后，我无意中抬头时，突然发现了父亲，他挂着拐杖，站在远离人群的地方，一个人默默地在远处注视着我。哎，父亲，他还是来了，他已经在一边站了很久。我无法想象他是怎样挂着拐杖穿过拥挤的人群上楼来的。见我抬头，他冲我微微一笑，然后向我挥了挥手。

……

——《挥手——怀念我的父亲》

不是因为今天是"父亲节"才有心来阅读这篇文章，而是偶然翻到，便静下心来读一读。读完后，我决定重写这段"尘封的记忆"，想来，这也算是一种绝非偶然的安排。

2013年春天，我参加了人民教育出版社举办的产品营销会议，那是我到书店工作后第一次参加业务方面的会议，正巧赶上了我的生日。每逢生日，我都会许下一个愿望，那一年的生日愿望便是：做一名专业、懂书、读书的书店人。在之后的很多年中，对每一场文化活动，我都怀着对作者的崇拜、对文字的敬意、对读者的尊重，认认真真地阅读每一本书，事无巨细地对待每场活动，慢慢地我开始尝试着把记忆书写出来，变成一个个跳动的文字在心中舞蹈，变成一段段美好的回忆在脑海中翻阅，而这些离不开那一场校园讲座的聆听。

到学校聆听专家讲评的公开课是那次会议的一项重要内容。那一天，组织方邀请了作家、散文家、诗人赵丽宏老师。课堂上，当一位年轻的语文老师讲完《与象共舞》一课后，赵丽宏被邀请到讲台上，他便讲起《与象共舞》的创作过程。

赵丽宏说："父亲去世后，家人都非常伤心，很久都不能从那个悲伤中走出来，特别是母亲。看着母亲日渐消瘦，我心里很难受。为了缓解母亲的忧伤，我决定带着母亲一起去旅行。这篇《与象共舞》就因为这次解忧之行诞生了。没想到还被选入了小学语文的课本中，课本中的文字因为是给孩子们阅读的，所以有所删减，等你们再长大一点的时候，就可以去读一读《与象共舞》的全篇，到那时你们会有更多的理解。"

"更多的理解"，短短五个字便戳中了我心中某个敏感的地方。每一个优秀的故事一定有背后的故事，如果读者们都能听到背后的故事，特别是对小学生读者来说，一定是非常有意义的事情。在那一刻，邀请赵丽宏到青岛、进校园的想法便悄悄种下。

2017年6月，青岛的初夏不是太热。赵丽宏来了，这次是近距离地面对他，四年前聆听他的课程时是远远地遥望，如今近在咫尺，我一时竟激动得说不出话来。从上次会议结束到今天，三年多的时间，我努力通过各种渠道邀请赵老师。今天，他终于来了。他一如既往的板板正正，严肃但不失和蔼。

课堂上，他为孩子们讲述课文《顶碗少年》《望月》的创作过程，讲述他与敬爱的巴金先生的结识，讲述阅读泰戈尔、莫里哀、雨果、狄更斯、巴尔扎克、列夫·托尔斯泰、蒲松龄……，讲述童话《快乐王子》……他的语言像他的文字一样散发着真情实感，无论世事变幻，无论喧嚣烦扰，无论世俗功利，都那么宁静、淡远，没有浅薄的戾气，字字句句展现着灵魂的清澈。

听着听着，不经意间想到一位作家对校园活动的诠释，"作家进校园是一种双向的选择，也是相互的走进。既是作家走进校园，也是同学们走进作家，在校园里的邂逅与碰撞，撞击出的火花才会璀璨而有趣。"这让我对自己的工作充满了骄傲。佛家说，送人智慧为大德，这是一种绝非偶然的能量。

绝非偶然的安排有时也出乎意料。当我第一次以"尘封的记忆"为题，把赵老师写进文字时，一位前辈阅读后表现出了极大的惊讶与兴趣，她说："就是那位出版过很多散文集和诗集的赵丽宏吗？"我突然眼睛一亮。她继续说："八十年代初，我刚进书店工作的时候，柜台后一排排的书架上摆放最多的就是赵丽宏和汪国真的作品，其中又以诗集居多。那时我读得最多的也是他们的诗。如果说汪国真的诗是热烈的，那么赵丽宏的诗就是含蓄的。"第一次听到前辈评论作家的作品，我调皮地说："您年轻的时候还是文艺青年啊？"她摸了摸我的头，说："是文学青年。"她的话，听得我热血沸腾，这才是书店人的样子。

几天后，我收到赵老师寄来的《疼痛》（英文版 *pains*，这是他新出版的诗集）和一本收录了他入选各种版本的中小学语文教材的散文集子，名字叫作《为你打开一扇门——赵丽宏的18堂语文课》。我无比兴奋和感动，赵老师竟然记得我的专业是英语，也知道我喜欢文学。

当我迫不及待地将赵老师寄给我的签名图书拿去给前辈"炫耀"的时候，她羡慕之余，拿出了早已准备好的两本泛黄的旧诗集，一本是定价一元七角五分的《青年诗选》，另一本是定价三元七角五分的《中国当代抒情小诗五百首》。她翻开赫然印有"赵丽宏"三个字的一页，遗憾地说："搬过几次家，好多以前购买的赵丽宏的书都不知道放哪儿了，只找到了这两本。"看着前辈手中的书，听着前辈讲当时买书还需要"走后门"的故事，心中无限感慨，如果那时的小学生有机会见到作家，或许他们的人生从此不同。

回想机场送别赵老师的依依不舍，仿佛又听到他说："到上海来看我。"到时，我会把书店前辈珍视的书一起带去，讲讲当年那个小渔村上的书店，讲讲书店里的那些人。

赵丽宏，作家、散文家、诗人，
中国作家协会全委会委员、中国
散文学会副会长、上海作家协会
副主席、《上海文学》杂志社社长，
华东师范大学、上海交通大学、
上海大学兼职教授 。

读书是永远的

赵丽宏

人识了字，最大的实惠和快乐就是读书。书开阔了我的眼界，愉悦了我的身心，陶冶了我的性情，丰富了我的知识，升华了我的精神。

我是一个专业作家，写作是我的职业。然而我总觉得，对我来说，写作还是业余的，暂时的，读书才是专业的，永久的。写作需要情绪，有激情和灵感时，可以一泻万言，而缺乏创作的欲望时，很多天可以不写一个字。读书就不一样，这是每天都可以享受的快乐。任何时候，任何场合，只要拿起一本有意思的书，就能沉醉其中，超然物外，宠辱皆忘。一本薄薄的小书，可能是一位睿智的先人以毕生的心血探求的结晶，而我可以在几个小时里读完它，可以在一个夜晚游历一个漫长的时代，并且认识其中的精髓，这是何等的快活。很多年前，我一个人在偏僻的乡村"插队落户"，是书驱散了我的孤独，使我在灰暗的岁月中心存着对未来的希望，保持着对理想的憧憬。在一盏飘摇不定的油灯下，书引我远离封闭和黑暗，向我展现辽阔和光明。因为有了书，那段物质生活极其匮乏的日子变得很充实。我选择读书作为我的生活方式，选择书作为我的人生伴侣，实在是一件明智而幸运的事情。我想，在人类的各种各样的享受中，别的享受都有尽头，读书却是长久的。只要还活着，还能用眼用脑，便能继续读书，继续享用这永不会失去美味的精神佳肴。当然，把读书看作一种享受，须有一个前提，那就是你读的必须是有价值有趣味的好书。

曾经有人为现代人的懒于读书而忧心忡忡，认为将来终有一天人类会抛弃书籍，原来由书籍承担的功能将被电视、广播和电脑等现代媒体所取代。我以为这是杞人忧天，世界上没有任何一种科技新产品和娱乐消遣手段能取代传统的阅读。只要人类的文字还没有消亡（我相信，它们永远不会消亡！），书籍就会保持着它的魅力，识字的人们便会从他们感兴趣的书籍中享受到阅读的快乐。这种快乐，是精神自由的遨游，是想象力无羁的腾飞，是心灵的旅游，是超越时光的思索。只有文字构筑的世界——书籍，才能创造这种快乐。有没有资格和机会享受这种快乐，是文明和落后、高雅和粗俗的一个分界。现在是这样，将来也如此。这就是现在很多人尽管不读书，却依然承认现代人应该读书的原因。我曾经写过一首诗，题为：《你们不会背叛我》。这诗中的你们，便是我读过的好书，是那些陶冶过我、感动过我、影响过我的书。我在诗中是这样写的：

是的，假如有一天

所有的朋友都离我而去

你们不会背叛我

永远不会，永远不会

你们已经铭刻在我的心里

已经沉浸在我的记忆中

在我思想的每一个角落

在我情感的每一根血管

你们无所不在，无时不在

任何力量无法驱赶

你们博大美妙的形象啊

……

在黑暗的夜间

你们是灿烂的星辰

照耀我漫长的旅途

崎岖道路上哪怕只剩我一个人

被你们的光芒引导着

我不会寂寞，不会迷失

我的患难与共的朋友啊
怎能忘记在黑暗中
我们亲密无间交谈着
远离了那些仇恨的眼睛
只要一束油灯的微光
就足以载我随你们远走高飞
去寻找我憧憬的境界
我梦中奇妙的美景
……

是的，你们不会拒绝
任何人的求援和邀请
不管是豪华辉煌的宫殿
还是简朴寒酸的茅屋
你们都乐于访问
如果遇到知音
便敞开襟怀，一吐心曲
绝不会有丝毫保留和矜持
如果只是虚伪地敷衍
视你们为附庸风雅的装饰
可有可无的门客
你们就永远紧闭心扉
成为千古不解的迷津

……

当世界喧嚣不安

浮躁的人群如碌碌蝇蚁

如采蜜的蜂群飘飞不定

你们却沉静如无风时的秋水

让我在澄澈的水面上

照见自己孤独的身影

我可以投身于你们的怀抱

在浩渺的碧波中奋臂远游

洗尽身上的尘埃

充实虚空的心灵

当我被颓丧的烟雾笼罩

你们也会化作轰鸣的惊雷

把我从消沉中震醒

你们是我的路，我的航道

我的生生不息的绿洲啊

……

我用目光默默地凝视你们

我用思想轻轻地抚摸你们

我用心灵静静地倾听你们

我的生命因你们的存在而辉煌

我的生活因你们的介入而多姿

岁月的风沙可以掩埋我的身骨
却永远无法泯灭你们辐射在人间的
美丽精神啊
……

1993 年初春于四步斋

　　我想把我的这首诗，送给所有和我一样对书有感情的人们。

　　在黑夜里，书是烛火；在孤独中，书是朋友；在喧嚣中，书使人沉静；在困懊时，书给人激情。读书使平淡的生活波涛起伏，读书也使灰暗的人生荧光四溢。有好书做伴，即便在狭小的空间，也能上天入地，振翅远翔，遨游古今。漫长曲折的历史和浩瀚无尽的宇宙，都能融汇于心，化作滋养灵魂的清泉。

一了淘边的书店，
不很大的店堂，
卖书还是阅读一本书，
至闲一本书。
一个平凡的书卷起向了淘洋
的海浪，
多少了这样子把们生养淘洋，
这了不很大的店堂们名字。
是属水脚了淘洋们多少佳多少佳吃，
一了多么大们淘边书店啊。

多么大，
多么大！ 　　　梅一生　於成都

2018. 4. 25. 泷池水书店

这位作家，从哪儿写起呢？就从一本本留言簿上的签名写起吧。

世界最好的味道
在书店，
人生最好的故事
在童话，
童话给了孩子，
世界就是童话了。

——梅子涵

2018 年 4 月 23 日

"小干部"将留言簿拿到梅子涵面前的时候，说："梅老师，请您给我们学校留个言吧。"梅子涵接过留言簿，提笔写下了这段"童话"。

是的，梅子涵是一位相信童话的作家，他读过很多很多童话，他也讲过很多很多童话，他把世界上有名的童话讲给中国的孩子听，他希望用童话的心情和温暖影响人们的生活，让中国的前进诗意和从容一些。

课堂上他讲道，很久以前，他在上海郊区的农场度过了青年时代。那时候的他有很多颓丧的理由，可是天性朝气蓬勃，只会往晴朗里走。他在一间暗暗的屋子里写作，还不太会写，每一句话都很幼稚、空洞，却异常真切。窗外的小白榆，细细矮矮，少一点绿叶，盐碱地的天然环境让它几乎不会长高，但它却坚持活着。他也要像它一样，坚持着在这儿活一辈子。一点一点，一天一天，梅子涵长成了大读者和小读者都很喜爱的大作家。

他相信童话，所以他写的小说、散文、诗歌中总会有让人触手可及的感动。

三十多年前，他写的《走在路上》，今天还有很多孩子在读，并收录在很多教材里：

> 小远带奶奶去看电影。是的，现在是他带奶奶去看电影了。他十四岁了，长大了。奶奶已经整七十，老了。一个人老了以后就会像小孩一样，上街、看电影都要人带。
>
> ……
>
> "奶奶，怎么这么慢，到现在还没有好！"小远又叫道。
>
> "就好了，就好了。"奶奶连忙说，并且慌慌忙忙地在房里奔起来，"咚咚咚"的，可是仍旧没有好，厨房间摸到走廊……已经一点半了。
>
> "再不好我就走了，电影都要开场了，这么慢，谁像你这么慢！"小远大吼起来。他简直想甩手就走，不带奶奶走了。真不该为她买票。以前小远一个人看电影，总是一丢下饭碗就往同学家跑，先等闵建华，再等三世长，然后一路上打打闹闹，说说笑笑，还可以到第九百货大楼痛痛快快地挤挤、看看、玩玩……可是今天却要等啊等啊，不等吧，让奶奶自己去，她又搞不清楚，穿那么多横马路，路上有那么多车子……人老了真有些讨厌。
>
> ……

哦，小远突然发现奶奶走路时背弓得这么厉害，跟跟跄跄的，让人看一眼都觉得怪可怜的。奶奶变得多老啊！小远天天和奶奶在一起，却没有注意奶奶已经这样老了。他也没工夫去注意奶奶，他有多忙啊，读书，做功课，田径队训练，打篮球，到同学家去玩……

小远停下了，转过身等着奶奶。一瞬间，他突然觉得自己应该等一等奶奶，搀着奶奶一起走。

奶奶以为小远又要朝她大叫大嚷了，赶紧跑了几步。

"别跑别跑，奶奶！"小远连忙说，迎着奶奶奔上去……

这样的经历，这样的故事，哪个少年不曾有。三十多年过去了，这个故事没有过时，今天的孩子们、大人们更应该好好读一读。

有一天，我听到一位老人对孩子说："今天我照顾你，长大后，你要好好照顾我。"孩子却说："你们这么多人照顾我，长大后我怎么照顾得过来呢？你们还是'自求多福'吧！"当我们把感恩教育天天放在嘴边的时候，为何不读一读《走在路上》，它不只是孩子手中的书，而是任何时候、任何地点、任何人都能读出感动与思考的一本书。就像梅子涵说的，安徒生是人类的文学家，而不只是孩子们的文学家，儿童文学原本就是所有人的文学。所以，今天的我们多读读童话吧，像梅子涵一样相信童话，世界会美丽很多。

梅子涵的童话不仅在远方，也在眼前。当走上"油田童话节"开幕式的舞台，他对着欢迎他的油田朋友们说："在任何一个有呼吸的土地上，童话故事是一直都有的、一直在讲述的，是的，石油好像只是石油，可是如果我们抬起头，看见飞机飞过，想着，这架飞机里的油也许是我们油田的呢，那么我们的油田是不是也可以编写一个童话故事呢？而且它还是在蔚蓝里飞着的。我以后飞驰在马路上，一定总会想起，我的飞驰是你们油田给的，那么你们的油田在我的心里还只会是一个油田吗？我们这个地里只有零星稀拉的绿的地方，泥土的下面涌动的是无限的童话，它让所有的路上有了忙碌的行驶，它把一个一个目的地连接起来，中国的转动里，每天都有它的力气！知道了这一点，那么再看看遍地直立的井架，个个就都是童话了，工人们也都是一个个故事里的王子！"

> 今天是明天的序言，
> 现在是未来的序言。
> 小学是大学的序言，
> 童年是长大的序言。
> 努力是优秀的序言，
> 写好序言就是写好了一生的故事。

——梅子涵

2018年4月24日

梅子涵是透着哲学智慧的演说家。听他的每一场讲座，开怀大笑之后便是泪流满面的感悟。

一个调皮的孩子在抱怨妈妈的各种不尽如"孩"意时，梅子涵请他和妈妈走上讲台，问孩子："你今年几岁了？"

答："七岁。"

"你调皮吗？"梅子涵再问。

孩子没有直接回答，"可我是小孩啊！"

梅子涵又问："你妈妈今年几岁了？"

"三十五岁。"孩子答。

"不对，是七岁。你第一次当小孩，你的妈妈也是第一次当妈妈，你的妈妈当妈妈的年龄也只有七岁，她也可以调皮、不懂事。"梅子涵说。

瞬间，站在一旁的妈妈流泪了。

"那么，你是不是应该拥抱一下跟你一样大的妈妈啊，为她擦擦眼泪。"梅子涵继续说。

孩子不好意思地走到妈妈面前，紧紧地抱着妈妈……

随后，梅子涵又将老师请上讲台，问孩子们："你们觉得大学老师厉害，还是小学老师厉害？"

孩子们异口同声地喊出："大学老师。"

站在台上的小学老师有点尴尬，可梅子涵却说："你们知道吗？大学老师也是小学老师教出来的。"孩子们恍然大悟，赶忙改口说："小学老师厉害。"梅子涵又说："每一个大人都曾经是小孩，每一位教授也都曾经是小学生，所以，在我们成长的过程中，每一个角色，每一个阶段都很重要，这样长大后，你就能够成为一名对社会有用的人。"

把文学放进老师和学生的日常生活，

如同饭食、饮料和每一口呼吸。

简单一点，

轻松一点，

有趣一点，

诗意一点。

文学里有生活的多种美好，

亲近文学的人

会更珍惜生活、生命，

文学帮助成长，

美化生命，

文学万岁！

生命万岁！

梅子涵

2018年4月25日

梅子涵是致力于将文学的种子播种到每一个角落、每一个人心田的阅读推广人。

他很早就从事儿童文学阅读的推广工作。台湾的阿宝老先生曾说，梅子涵的故事讲得很好，他对儿童文学很有见解，是中国大陆儿童文学阅读推广的第一人。他让原本不被关注的儿童文学阅读领域变得重要起来。梅子涵认为阅读的基础在儿童，儿童阅读是一个国家的希望。所以他常常飞来飞去，从一个地方到另一个地方，给小学生讲文学，给教育工作者讲文学，给爸爸妈妈们讲文学……

一年、两年、三年……，文学从他的嘴里讲出来是真实的漂亮，真实的有趣，真实的诗意，他是真实地懂文学的人。他是一位文学教授。

周英是梅子涵的博士生，也是一个很会讲故事的女孩，她说话的声音给人一种温柔甘甜的感觉。当我赞美她的故事讲得好时，她谦虚地说："比起我的老师，还差得很远。"后来我才知道，她连续两年参加博士招生考试，第一次考试后，她的成绩本可以选取其他学校请其他老师作为导师，可她坚持一定要报考梅子涵的博士，当梅子涵的学生。后来，她成了他的学生。再后来，她成了有名的童书出版人、儿童文学阅读推广人。再再后来，她也成为一名高校老师。

还有很多这样的人，因为听过梅子涵讲文学，从此，人生轨迹发生了转变，生活变得真实、充实、有诗意。

梅子涵像卡梅拉家族里面的成员一样，与众不同，敢于幻想，敢于尝试。他翻译过很多既有趣又有意义的图画书，比如《圣诞老爸》《最重要的事》，比如《猜猜我有多爱你》等等。

在他的硕士、博士课堂上，他会为同学们准备下午茶，上课之余，喝点咖啡，吃点甜点；在他为孩子们讲课的课堂上，他会亮起歌喉，跟孩子们一起唱起《隐形的翅膀》《让我们荡起双桨》等等；在偌大的操场上，他会让同学们看对面的建筑工地，挥汗如雨的建筑工人正在让高高的楼房拔地而起，他带领同学们向他们致敬；还有很多很多，都是这位不一样的梅子涵的"杰作"。

梅子涵教授的身影也会经常出现在一些"小课堂"上。记得那是在绿水青山之间，一所小小的海边学校，学生总人数不到五十人，他的声音富有激情和力量：

"我们这个国家将来的很多的美丽是你们来设计，是你们来建造，所以一个很小的学校实际有很大的意义，别人看不到这一点，我们自己要看到，因为我们将来要成为大人才。

"大的人才不是说我们非要成为科学院院士，没有那么多院士，大的人才也不是非要成为作家，也不需要那么多作家，但是，我可以为社会，为国家做一个大的贡献，所以小的学校有它的意义。

"看起来很小的学校实际很大，因为

我们将来都要成为中国的大人才。"

梅子涵的话音一落，掌声响彻整所学校。

这就是梅子涵，他有很多身份，每一个身份他都尽心尽力。作为作家，他写出了具有"梅式幽默"的小说《女儿的故事》《戴小桥和他的哥们》，写出了感人肺腑、动人心弦的散文《绿光芒》，写出了一篇篇美丽的序言，写出了一首首经典的散文诗，写出了很多很多……他在不断突破自己的道路上"越写越宽"。作为教授，他教出了殷健灵、郁雨君等十多位有名的儿童文学作家，他们被称为"梅家军"；作为儿童文学的阅读推广人，他把一部部经典作品带到孩子们面前，讲给孩子们听，用童话牵着日子的手陪伴孩子们长大……

可梅子涵却说："一个人著不著名不重要，重要的是从小到大做点儿自己喜欢的事情。这样一个喜欢加上那样一个喜欢，我们就会变成一个社会喜欢的人。"

梅子涵，儿童文学作家，上海师
范大学教授，中国儿童文学阅读
推广人、奠基人。

散文

梅子涵

"散文"这个词我是什么时候第一次听见呢？但是它第一次被我记住，从此在我心里端坐下来，一眼看得见，是六年级的时候。六年级了，要考中学了，王老师给我们讲作文。她念了一篇上海市优秀作文，她的湖南口音普通话，念完以后，说："这是一篇用散文方式写的作文。"

她的湖南普通话里永远都是稳重，没有课堂上很容易出现的高音，她既不板着脸呵斥学生，也并不笑得精彩纷呈，她的确像一个日常的母亲。可是她说的这个"散文"，让我一阵明亮，竟然有了一股幼稚的兴奋：我什么时候也会这样写！一个学生，一个人，尤其像我这一类的普通儿童，即使从早到晚坐在课堂里，被讲台上的嘴巴浇灌，从头淋到脚，也不可能总有明亮，兴奋欲动。一个人，耳朵张着，眼睛睁开，听见、看到的，不立即飘荡而去的真不多。所以为什么从小到大的课堂，哈欠总会连着天呢，飘荡而去的，很多其实都是好东西，甚至鲜艳，但是没办法，还是飘荡而去了。人啊，有时的明亮真是要看偶然感觉，要看运气，大概还要看那天上午或下午、晚上的天气、温度……谁知道还要看什么？也许大概，对我来说，正好说这个"散文"的是这个王老师，正好是她的不高不低的湖南普通话，又正好是要考中学了……

后来我就考中学了。我在考场的座位上等候语文卷子了。我看见了卷子上的作文题目：《记一个夏天的傍晚》。我脑子里的那个"散文"立即对我说，你可以用散文方式写的！的确是它对我说的。这是多么明亮的时刻！我竟然没有一点儿考试的紧张。我是要考一个很好的重点中学的！我每天都从它的校门口经过，无数次看着它的校门和围墙，朦胧地想着里面的情景。可是我现在却异常清晰和有步骤地写着纸上的夏天的傍晚。我写"自己"在夏天傍晚的路上慢慢走着，看见的这个和那个，辛勤、努力的下班工人，笑容满面的营业员，坐在家门口的小桌上做暑假作业的学生，开过来的公共汽车，开过去的无轨电车，它们接着和送着人们……都是普通的日常小景象，它们连接成了一个孩子眼里的祖国路上的美好。我这个普通的小孩考生，脑子清楚没有忽略题目中的限定："傍晚"，于是，写走到文化宫门口，看见演出广告，晚上，这儿将举行一场歌唱伟大祖国的歌舞晚会，这时，我写："路灯亮了，夜幕降临"，我转身回家了。在我这样一个字一个字写在考卷纸上的时候，有人进来往教室里喷了香水，清新空气，我整个的心情都被喷得清香！

我是第一个交卷走出教室的。我的感觉怎么会那么轻松。我看见王老师坐在走廊的那一头。她一个人坐着，一条长板凳，她靠着墙，手里抱着一个什么。

我快快地走到她面前。她没有站起来，因为她的怀里抱着一个小棉被。她问："考得怎么样？"

我说："王老师，我像散文一样写的。"

她让我说说。我就疙疙瘩瘩说了。小

时候的我，说话总是疙疙瘩瘩，表达能力最多只能得三分，有的时候也可以得个两分。可是王老师听完我的疙疙瘩瘩后说："你的作文会得高分。"她的湖南普通话仍旧是不高不低、不急不慢的稳重。然后，她打开怀里的小棉被，取出一根赤豆棒冰递给我："吃吧，天热。"

我的王老师，她买了一大包赤豆棒冰，全班每个同学一根，我吃的是第一根。我的全班同学，你们还记得住你们吃的那一根吗？那是我一生最重要的一根！

我考取了我要考的中学，后来我知道了我的语文考分，它很高。

后来的后来，我学习写文学了。我的第一篇作品是散文诗，第二篇作品是散文，现在写的这一篇也是散文。我写了不少的散文和别的文学，我写的小说里也总有散文般的轻柔和弹奏，我做的很多文学演讲，人们也说是散文。可是王老师都没有读到和听见，因为我后来再没有见到她，我只见到过她的漂亮女儿和可爱儿子，我请他们帮我问候过她。很久很久以后，她的儿子打电话给我，说："妈妈在我身边。"于是我就和王老师说了话，我说："王老师，你还记得我吗？"王老师说："如果看见你，我就记得了！"但是王老师可能也不记得那一节课上的"散文"了。灯光总是不太记得住它亮的时候。

王老师如同散文般地活了九十四年。她给了我"散文"，给了我一个考上好中学的机会，其实也给了我后来的文学路。这样的"给"，如果你看不见，就会以为一切都是自己的努力，而看得见，那么就知道了它的确就是你的前因后果。散文为什么其实不容易写，小说你可以恣意编，因为散文更要看见！我们从小到大，每天的日常，毕竟更像散文，这一颗那一粒，要捡起来，仔细看，原来有真是不少的明亮。我肯定，我的全班同学，记得住那一节语文课上的"散文"的不会有几个，吃过的那一根赤豆棒冰也早就忘记。我都记得，所以我经常心里喷香。喷香多些，日子的散文味道也重。

　　以前我有一个不好的阅读习惯，那就是读一本书的时候从不关注作者是谁，如果是翻译作品，那么对译者更不会关注。有人批评我这个不专业的阅读习惯时，我都会强词夺理地解释，我只关注故事是否吸引我，过多地关注作者是谁，阅读就不纯粹了，所以注定我"前半生"的阅读不会让我成为谁的粉丝，更不会有太大的阅读"成就"。

　　然而当我成为一名书店员工后，以前的"不专业"在书店前辈们的指导下慢慢地改变，我开始关注一本书的作者、译者、出版社、出版时间、版次等，这些看似跟普通阅读者无关，但其实暗藏着巨大信息量的内容，从另一个角度这也可以反映一本书的阅读群体及阅读者对它的喜爱程度，或许还能帮助那些漫无目的的阅读者，和那些面对众多图书具有选择恐惧症的阅读者做出阅读的选择。

《挪威的森林》就是我利用这个"原理"找到的。从我来到书店工作开始，每月查阅图书销售排行榜时，《挪威的森林》作者：村上春树（日），翻译：林少华，就会清晰地出现在图书排行的前几位。而每到暑假的时候，就会有很多大学生读者到书店寻找这本书。闲谈中，得知《挪威的森林》是村上春树最有名的小说之一，翻译者林少华则是一些前来寻找此书的年轻读者的老师，他们很自豪地说着自己老师的成就。一时间，我分不清楚，到底谁是这本书的创造者呢？

到2016年12月18日，我已读过直子、绿子、渡边君、永泽君的故事。

没有神出鬼没的迷宫，没有突如其来的情节，没有匪夷所思的人物，只有平静的语言在娓娓讲述已逝的青春，讲述青春时代的种种经历、体验和感触——讲述青春快车的乘客沿途所见的实实在在的风景。对于中国读者来说，很可能是另一番风景，孤独寂寞、凄迷哀婉而又具有可闻可见可感可触的寻常性。

——《林少华看村上》

这一天，在崂山"涵泳"城市课堂，我第一次见到林少华先生。一件米色风衣搭在臂弯儿上，一手提着男士公文包，深色西装里面搭配着裸粉色衬衣，头发亮泽。我迎上前向林先生问好，他温雅谦和地还礼。

"林先生，这是我们新开的书店，'涵泳·复合阅读空间'，也是我们青岛新华书店的子品牌。涵泳，有诗书涵泳养吾心之意。"我说。

"好，看一个城市是否有文化，不是看它有多少洗脚房，有多少KTV，而是要看它有多少书店。我看你们的这个'涵泳·复合阅读空间'就很不错。无论是让普通读者，还是让我们这些写作的人，也多了个去处啊。"林先生说。

此时此刻，来到书店工作已经有四年多时间的我，第一次感到一种被"尊重"的感觉，像尊重一个人的职务一样去尊重一个人所从事的职业。我也在这个职业中认识了很多有名气的作家、翻译家……林先生就是其中一人，通过林先生我还"认识"了村上春树。

1949年出生的村上春树，在经营小酒吧的1979年趴在厨房餐桌上写出了第一部小说《且听风吟》。十年后，也就是1989年，在暨南大学苏州苑30号楼502单元一个朝北房间的角落里，有一位年轻人正裹着一件颜色仿佛深蓝色墨水染成的混纺鸡心领半旧毛衣，用几乎冻僵的手指，对照着日文版的《挪威的森林》爬格不止。就这样，《挪威的森林》和村上春树开始了中国之旅。谁也没有想到，三十多年过去了，村上春树的名字在中国家喻户晓，中国的读者不仅在读着直子、绿子、渡边君、永泽君的故事，还读着《且听风吟》《海边的卡夫卡》《奇鸟行状录》《没有女人的男人们》《刺杀骑士团长》……三十多年里，林少华成为世界上单独翻译村上春树作品最多的译者，而且他也曾拜访过村上春树。如林少华自己所言，"不言而喻，一部作品读一遍和翻译一遍，感觉不可同日而语。但是，我翻译村上春树的作品始终很愉快，因为感觉上、心情上、文笔上和他有息息相通之处，总之，很对脾性。"这一点在林少华见到村上春树的那一刻便得到了验证，村上春树说，他也有同感，倘若原作不合脾性就很累很痛苦。幸好，林少华即使在艰苦的岁月中，也没有失去对美的感动，和被美感动的能力。某种程度上说，村上春树是被林少华"打扮"的"小姑娘"，在中国人见人爱。

　　后来，跟林先生熟悉起来，几次交谈中，他多次提到语言和修辞手法的用法及作用。他说，"母语是外语的天花板，古汉语是汉语的天花板。最好的文体都是翻译家创造出来的，优秀的翻译家都是文体大师。"回想起他自己年轻时，他说，他也偷偷地读过傅雷、汝龙等先生的散文译笔，这些文字都是好的。但是最好的，还是诗人们的译笔，是他们发现了现代汉语的韵律。没有这种韵律，就不会有文学。我想是因为林少华有诗词修养，他打扮出来的"小姑娘"是好看的，如今已经有很多读者是冲着"林少华"三个字而来。

如果单独说林少华是翻译家，很多读者都会愤愤不平，下面就引用林少华散文《落花之美》中的"写在前面"的话来介绍他：

应该说，无论田间的农民还是水上的渔夫，每一个人心里都有自己的文章，或是优美的散文，或是隽永的随笔，或是缠绵的小说，可惜限于种种条件，绝大多数人无法一一诉诸笔端，致使文章唯有自己一个读者，最终在天地间归于杳然。想来，这是一种无奈的流失，一种悲凉的缺憾。所幸我碰巧是大学里的教书匠，一周课不很多，上完课基本无人监管，得以在稿纸上大体不间断地涂涂抹抹，是谓"爬格子"。涂抹或爬出来的东西主要有三种。一种是用来评职称保岗位的学术论文……另一种是翻译，例如要让那位叫村上春树的日本人开口讲咱们中国话……再一种就是自产自销的所谓原装文字了，散文随笔之类……

换言之，论文是同学术对话，最忌感情用事；翻译是同洋人对话，必须鹦鹉学舌；而散文是同自己对话，唯求听命于心灵。

——《落花之美》

林少华说得简单，写得谦虚。实则他的每一篇文字，每一篇演讲稿都经过反复推敲，认真琢磨。在每一次演讲之前，他都会"闭关"精心准备。林先生说，如果是下午的讲座活动，他中午就会拒绝朋友的宴请，独自一人在房间里修改已经准备好的稿子。如果是晚上的讲座活动，那么晚餐也会拒绝朋友的邀请，同样也是独自一人在房间修改已经准备好的稿子。在一遍一遍地思索和修改中，他"朦朦胧胧"懂得了什么样的语言是好的。所以听他的讲座，无论时间长短，总是收获多多。

记得，在一次以"我的阅读"为主题的讲座中，林先生开场便是"我读过的书的背影，也是我自身的背影，同时也未尝不是整整一代人的背影和一个时代的背影。"林先生在讲座中旁征博引，谈起《三国演义》《说岳全传》《千家诗》《监狱里的斗争》《红旗谱》《北极星》……在场的如我一样年轻，或是再年轻一点的听众听到这些书名有些茫然，或许对《三国演义》《说岳全传》不那么陌生，但也已然不是当年林先生读过的版本了。《北极星》让林先生养成了睡前看一两篇散文的习惯，把"漂亮句子带入梦乡"。林先生说，没有吴伯箫的《北极星》散文集，就没有他今天的散文习作。我们也感谢吴伯箫，否则怎会读到林先生如高山流水、潺潺涓流般的文字呢？

漫长的人生中，每一个人都是为了等候某一个时刻，等候某一个人而做着准备。无论是阅读，还是写作；无论是工作，还是生活；无论是谁让谁认识了谁，都是为了遇见的这一刻。

在寒冷的冬季，村上春树遇见了林少华，春天来了，花儿开了……

在青涩的少年，林少华遇见了吴伯箫，夏天来了，果实熟了……

在浩瀚的大海中，我们遇见了他们，待千帆驶过，遇见依然安好！

林少华，著名翻译家、学者、作家，中国海洋大学教授。兼任华中科技大学"楚天学者"、中国日本文学研究会副会长。

我的书房

林少华

夸张或不夸张地说，我的书房至少有二百万朋友"见过"——在拙译村上春树小说译序的最后，我总是忘不了写上"于窥海斋"四个小字。

虽然我的学问和学识未必有人称道，但我这个书房的地理位置很有可能让不少优秀同行眼睛发亮（世上的事总是这么滑稽和不公平）——位于青岛城区东部且依山傍海。后面紧靠满坡槐树花的崂山余脉，前方不远就是烟波浩渺的黄海。晴天可从书房窗口窥见红瓦楼尖之间光闪闪的一角海面，故名之为"窥海斋"，暗喻在无涯学海面前自己永远只能窥其一角。

非我刻意"忆苦思甜"，小时候穷得连个书桌都没有。我在只有五户人家（如今只弟弟一家了）的小山沟长大，写字做作业每次只能趴在柜角或炕上吃饭用的桌角。晚上点一盏火苗拧小的"洋油"灯，稍不小心头发就

"吱"一声烧焦。那时脑海中最美丽的风景就是一张书桌了。用现在的话说，即所谓书桌情结。所以后来，尤其好歹当上教授住房条件改善之后，书桌情结急速膨胀成为书房情结。

数年前由广州北上青岛有了新房，装修时我断然决定把南面最大的主卧室用作书房，并为自己这个与众不同的决定兴奋了好一阵子：睡觉何必霸占最大最好的房间呢，大也好小也好熄了灯还不一个样！况且书总比床重要得多、尊贵得多、文明得多嘛！装修完后，我买回红木家具风格的书橱，靠三面墙排列整齐，阳台玻璃窗全部内置日式细木格纸糊拉窗，窗前放置长两米宽一米铺有榻榻米的"坐榻"一张，榻前放写字台。因榻与椅高度相等，故写字台前后皆可伏案——我又为自己这个神来之笔得意忘形了许多时日。最后把书分类一本本仔细摆进书橱使其各就其位。一日环视一排排书橱一排排书，忽然像面对威武雄壮的秦兵马俑一样涌起莫可名状的感动之情。

我虽然搞日本文学，但日文书只占藏书量的约三分之一，主要是日本文学文化方面的，其中有关村上君的最全，大体囊括了他本人的书和别人研究他的书。其余全是中文。一类是美学、哲学、宗教、历史及一些杂书；另一类是文学，主要是唐诗宋词等中国古典文学、古文论、古典文学研究以及近现代文学。日文书主要是为了工作和生计，中文书则大多出于爱好和心仪。总的说来，看中文的时间多得多，盖中文难于日文也。

年轻时喜读唐诗，在人生最艰难的岁月时以"仰天大笑出门去"狂妄地激励自己；人过中年则偏爱宋词，"陌上花开，应缓缓归矣"每每令我低回流连感时怀乡；时下仍在一格一格移植村上君或涂抹自家文字，抓耳挠腮之间偶为觅得一二佳句而激动不已，顾盼自雄。凡此旧书新书土书洋书会师书房之内，与之朝夕相处，与之呼吸与共。风来涛声入耳，子夜明月半窗，使我在滚滚红尘中得以保持一分心灵的宁静和纯净的遐思，保持一分中国读书人不屑于趋炎附势的孤高情怀和激浊扬清的勇气。而这是办公室、会议厅、酒吧、咖啡馆以至度假村等别的场所难以带给自己的。

　　2018年5月，坐落在青岛西海岸传媒广场书城的梁晓声书房揭开了红盖头。据说，这是国内首家嵌置在书店内的作家书房，专门用来陈列梁晓声的文学作品出版物、图片和实物资料，用以介绍作家的创作轨迹和艺术成就。远远的我就看到了陈列在书架上的《知青》，时间一下子就回到2012年6月。

　　那是一个下午，炙热的阳光照射在远处一座好像两架白色钢琴一样的巨型建筑物上。人们迈着匆忙的脚步有序地进入到"白色钢琴"里，恍惚间像从太阳系飞到了月空中。安静的音乐厅里冷气十足，随着人们一一就座，舞台上的灯光亮了起来，上面摆放着一张简单的红木色书桌、一把椅子和一个座式话筒，但没有钢琴，没有大提琴，没有小提琴，没有管弦乐，也没有指挥家。我正觉得奇怪，不一会儿，一位看起来表情严肃的男人从舞台的右侧走出，台下爆发出热烈的掌声，有人高喊"梁晓声，谢谢您"，也有人已经泣不成声。发生了什么？我心里疑惑着。只见梁晓声双手合拢不断地向场下打躬作揖。从幕后到舞台短短几米的距离，过了许久他才坐到舞台中央的椅子上。"当年，你们都是在哪里上山下乡的啊？"有人说"北大荒"，有人说"新疆"，还有人说"青海"……梁晓声激动地说："看大家的年龄，估计跟我差不多，无论在哪里，相信我们的经历也都差不多。所以，谢谢大伙儿还愿意看《知青》，不逃避那个年代，我们的青春也飘扬。"

　　人啊，如果你正处在青春时期，无论什么样的挫折，无论什么样的失落，都不要让它损害或玷污了你的青春！

　　青春应该经得起失意……

　　青春应该经得起一无所有……

　　青春应该经得起社会对人生的抛掷……

　　青春应该经得起别人的白眼和轻蔑……

　　因为，人在生命充盈着饱满外溢活力的情况之下都经不起的事，在生命的另外时期就更难经得起了……

　　　　　　　　　　　　　　　——《飘扬起你青春的旗》

这是一代飘扬过青春旗帜的人们，那些经历的苦难是他们的财富。虽然他说他写得很痛苦，就像是将已经愈合的伤口重新扒开，但是那些曾经的青春是热情的、雄壮的。用个不恰当的比喻，资本积累的第一桶金总是充满了血和泪。他将伤口扒开，露出来里面的各种细菌，有致病的，也有有益的。

《知青》中的孙敬文说："一天三顿煮黄豆，什么浪漫主义、理想主义、革命英雄主义，我身上是一点儿都没有了，都随着一通通的响屁释放光了。所以，现在一听到谁说吹牛的话，即使是开玩笑逗乐儿，我都想跟他急眼。"我觉得不对，那些主义是人性中自带的，如果没有那些主义，梁晓声小说中的现实主义英雄化、平民化、寓言化从哪里来呢？那些北大荒的场景、知青的岁月、桦树林、热炕头的符号又从哪里来呢？

在东北，知青们赶羊、养马、灭火、修电线、砸石头、边境巡逻、夜斗群狼、在一望无际的麦海收割……异常艰苦甚至充满危险的劳动生活锻炼着一群来自城市的风华正茂的青年们。

在陕北坡底村，知青们的插队生活完全是另一番景象。他们不负老支书、老党员的信任和重托，带领群众打机井、搞副业、分钱富民、迁村避险，与淳朴善良的人民群众生死与共、命运相连。

从城市到乡村，从乡村回城市，知青们经历了一场又一场爱恨交织、一次又一次生离死别，生命轨迹从此改变。昔日的好友相聚、离开，朝着不同的道路前进，品味着人生百味。在时代大背景下，个体如此渺小，却迸发出别样的光彩。无论是赵天亮，还是冯晓兰，无论是周萍、孙曼玲，还是赵曙光、武红兵……都在梁晓声的笔下鲜活而热烈地爱着我们的祖国。

> 我想到契诃夫的小说《第六病房》，想到他那句忧伤而又无奈的话："俄罗斯病了。"我认为现在到处可见许许多多形形色色的"中国病人"。我还想到闻一多的诗句："我喊一声，迸出血泪，这不是我的中华，不对，不对！"
>
> ——赵曙光

> 咱们中国，好比咱们北大荒的土地，即使有几年荒了，野蒿丛生了，那也只不过是表面现象啊！三尺以下，还是沃土！
>
> ——周萍

突然有人说："梁晓声先生，《知青》您写得还不够痛！"梁晓声没有回答，沉默了几秒钟说，"大家看吧。"

为什么非要到痛彻心扉呢？我想。战友成了兄弟姐妹，战场成了新的故乡，火热青春情义无价，铿锵信仰感天动地，难道这些还不够吗？用根植于内心的修养，无须提醒的自觉，以约束为前提的自由，为别人着想的善良，才应该是今天的文化，而这些才不会让今天的年轻人觉得是"老生常谈式的忆苦思甜"。

现场大多是40、50后的读者，中间散落着的80后的身影，看着他们，突然有一种幸福感油然而生。当这次梁晓声《知青》读者见面会要结束时，我跑上前请求合影留念，梁晓声看看我问："你也读《知青》？"我答，"读，我还读过您写的《年轮》。""说说看……"梁晓声说。我不假思索地讲述了妈妈的故事。

我的妈妈和爸爸当年是年轻的知青，用他们的话讲是"小知青"。他们没有到更加艰苦的北大荒、新疆、甘肃等地的农村，不过也是从城市到了农村，积极投入到上山下乡、支援农村建设的运动中。田间劳作、挖河、搬石头……这些《知青》里写的劳动，妈妈都做过，所以她看《知青》也会默默地流泪。她说这不是悲伤，而是一代人的青春。一个十六七岁的女孩远离家乡和父母到农村，住在没有血缘关系的老乡家，但老乡夫妇像对待自己的孩子一样照顾着妈妈，于是妈妈变成了老乡夫妇的"女儿"，而我也多了一组大姨、二姨、三姨、舅舅、小姨，每年春节我们都到"老乡"姥姥家。前几年，老乡姥姥和姥爷相继去世，妈妈很伤心。可春节去看望老乡姥姥和姥爷的习俗没有变。之后每年的春节，我们又回到妈妈的老乡大姨家，听着大姨讲妈妈和爸爸恋爱的故事，讲当年那些住在他们村里知青的故事，我心里暖暖的，看着这一大家人的热闹，谁能想到我们曾经是陌生人。

梁晓声拍拍我的肩膀说："来，姑娘，我们一起合个影。"

2018年我又见到了梁晓声，不知道他是否还记得六年前那个跟他合影，还讲故事给他听的我，而这次我只是远远地看着他。

梁老师，感谢您用文字记录了一代人飘扬的青春！

梁晓声，著名作家，中国作家协会会员。曾创作和出版过大量有影响力的小说、散文、随笔及影视作品，是中国现当代以知青文学成名的代表作家之一。

抵抗寂寞的能力

梁晓声

都认为，寂寞是由于想做事而无事可做，想说话而无人与说，想改变自身所处的这一种境况而又改变不了。

是的，以上基本就是寂寞的定义了。

寂寞是对人性的缓慢的破坏。寂寞相对于人的心灵，好比锈相对于某些容易生锈的金属。但不是所有的金属都那么容易生锈。金子就根本不生锈。不锈钢的拒腐蚀性也很强。而铁和铜，我们都知道，它们极容易生锈，像体质弱的人极容易伤风感冒。

某次和大学生们对话时，被问："阅读的习惯对人究竟有什么好处？"我回答了几条，最后一条是——可以使人具有特别长期地抵抗寂寞的能力。他们笑。我看出他们皆不以为然。他们的表情告诉了我他们的想法——我们需要具备这一种能力干什么呢？

是啊，他们都那么年轻，大学又是成千上万的青年学子云集的地方，一间寝室住六名同学，寂寞沾不上他们的边啊！但我同时看出，其实他们中某些人内心深处别提有多寂寞。而大学给我的印象正是一个寂寞的地方。大学的寂寞包藏在许多学子追逐时尚和娱乐的现象之下。所以他们渴望听老师以外的人和他们说话，不管那样的一个人是干什么的，哪怕是一名犯人在当众忏悔。似乎，越是和他们的专业无关的话题，他们参与的热忱越活跃。因为正是在那样的时候，他们内心深处的寂寞获得了适量地释放一下的机会。

故我以为，寂寞还有更深层的定义，那就是——从早到晚所做之事，并非自己最有兴趣的事；从早到晚总在说些什么，但没几句是自己最想说的话；即使改变了这一种境况，另一种新的境况也还是如此，自己又比任何别人更清楚这一点。这是人在人群中的一种寂寞。这是人置身于种种热闹中的一种寂寞。这是另类的寂寞，现代的寂寞。

如果这样的一个人，心灵中再连值得回忆一下的往事都没有，头脑中再连值得梳理一下的思想都没有，那么他或她的人性，很快就会从外表锈到中间。无论是表层的寂寞，还是深层的寂寞，要抵抗住它对人心的伤害，那都是需要一种人性的大能力的。

我的父亲虽然只不过是一名普通的建筑工人，但在"文革"中，也遭到了流放式的对待。仅仅因为他这个十四岁闯关东的人，在哈尔滨学会了几句日语和俄语，便被怀疑是日俄双料潜伏特务。差不多有七八年的时间，他独自一人被发配到四川的深山里为工人食堂种菜。他一人开了一大片荒地，一年到头不停地种，不停地收。隔两三个月有车进入深山给他送一次粮食和盐，并拉走菜。

他靠什么排遣寂寞呢？近五十岁的男人了，我的父亲，他学起了织毛衣。没有第二个人，没有电，连猫狗也没有，更没有任何可读物。有，对于他也是白有，因为他几乎是文盲。他劈竹子自己磨制了几根织针。七八年里，将他带上山的新的旧的劳保手套一双双拆绕成线团，为我们几个，他的儿女织袜子，织线背心。这一种从前的女人才有的技能，他一直保持到逝世那一年。织，成了他的习惯。那一年，他七十七岁。

劳动者为了不使自己的心灵变成容易生锈的铁或铜，也只有被逼出了那么一种能力。而知识者，我以为，正因为所感受到的寂寞往往是更深层的，所以需要有更强的抵抗寂寞的能力。这一种能力，除了靠阅读来培养，目前我还贡献不出别种办法。

胡风先生在所有当年的"右派"中被囚禁的时间最长——三十余年。他的心经受过双重的寂寞的伤害。胡风先生逝世后，我曾见过他的夫人一面，惴惴地问："先生靠什么抵抗住了那么漫长的与世隔绝的寂寞？"她说："还能靠什么呢？靠回忆，靠思想。否则他的精神早崩溃了，他毕竟不是什么特殊材料的人啊！"

但我心中暗想，胡风先生其实太够得上是特殊材料的人了啊！幸亏他是大知识分子，故有值得一再回忆之事，故有值得一再梳理之思想。若换了我的父亲，仅仅靠拆了劳保手套织东西，肯定是要在漫长的寂寞伤害之下疯了的吧？

知识给予知识分子之最宝贵的能力是思想的能力。因为靠了思想的能力，无论被置于何种孤单的境地，人都不会丧失最后一个交谈伙伴，而那正是他自己。自己与自己交谈，哪怕仅仅做这一件在别人看来什么也没做的事，他足以抵抗很漫长很漫长的寂寞。如果居然还侥幸有笔有足够的纸，孤独和可怕的寂寞也许还会开出意外的花朵。《绞刑架下的报告》《可爱的中国》《堂·吉诃德》的某些章节、欧·亨利的某些经典短篇，便是在牢房里开出的思想的或文学的花朵。思想使回忆成为知识分子的驼峰。

而最强大的寂寞，还不是想做什么事而无事可做，想说话而无人与说；而是想回忆而没有什么值得回忆的，是想思想而早已丧失了思想的习惯。这时人就自己赶走了最后一个陪伴他的人，他一生最忠诚的朋友——他自己。

谁都不要错误地认为孤独和寂寞这两件事永远不会找到自己头上。现代社会的真相告诫我们，那两件事迟早会袭击我们。人啊，为了使自己具有抵抗寂寞的能力，读书吧！人啊，一旦具备了这一种能力，某些正常情况下，孤独和寂寞还会由自己调节为享受着的时光呢！

信不信，随你……

院子里的迎春花开了，小小的、黄黄的、一片一片的，将办公楼的外墙紧紧地拥抱着。不知道它们是什么时候开放的，恍如一夜之间，通往办公室路上的景色不再单调，心情也如这小小的花儿一样开放着。噢，原来是春天来了。裹在身上厚厚的衣服似乎阻碍了感受春天的气息，忙碌的身影无暇招呼这即将叩响家门的姑娘，还好有你，时刻提醒着人们"远方的朋友来了"。

植物最早知道大自然的变化。三月的迎春花，四月的河边柳……它们都用身体在细细地描绘，那我们呢？我们在做着什么呢？

早晨，拥挤的地铁站，匆忙的脚步，面无表情的神态。虽然年轻，但是缺少朝气；虽然装扮，但是并不精致。地铁上，昏昏欲睡的，拨弄手机的，电话中十万火急的，伴随着偶尔难闻的气味，对这一切，人们早已漠然也早已习惯。夹缝中，看到有人在阅读，便踮着脚尖穿插过去，这让我终于看到了点儿春天的颜色。

一本装帧形式朴素的植物类小书在一位中年男人的手中翻阅着，他的眼睛里不时地闪耀着什么。看惯了摆拍的美女帅哥，看常了自诩小资小清新的时尚男女，他的自然、和缓、安静反而有点特立独行。这种氛围下让人很想安静下来，静下来乘车，静下来听着呼吸和心跳，静下来读一本书。

恍惚间，地铁到站了，我也要下车了。回头看看那位"静先生"，他还在静静地翻阅着那本"小小绿色"样式的书。

在迎春花的簇拥下，走进办公室，一抹精致的绿色出现在我的桌上。是你，《树下无言》，一片树林，一道风景，一株树木，一段故事。

记得，那还是冬天之前的秋天，此书的编辑吴清波老师找到我说要做一场新书发布会，桌上的这本书也是作者厚朴赠予我的。发布会上，我见到了厚朴老师，他消瘦、健朗，没有中年男人的油腻之感。言语中我才知道他曾当过海军，后来供职于林业部门。

　　曾经航行在茫茫大海上的他像一只孤独的船，既不寻求幸福，也不逃避幸福，只是向前航行，底下是沉静碧蓝的大海，头顶是金色的太阳。懵懂与梦想，舰艇与航舶，朝晖与落日，都化入字里行间。

　　从部队转业到林业部门工作，从对林业的认知仅限于中学所学的生物，到他写的一些有关植物的美文，再到这些小感悟、小情怀多次获得"中国十大生态美文"的殊荣，这一些，我想，都是因为他无法忘记航海中头顶的那一轮金色太阳。

　　从大海航行到丰草长林，不一样的风景，一样的"寂寞"；不一样的情感，一样的"我懂你"。一花一草，一树一木，在他的笔下娓娓道来，每一株都有自己的过去、当下和未来，每一株都写满了历史的沧桑和生命的伟大。他写八大关的老槐树，写午后的木瓜树，写暮雾雪松，写路边芙蓉。这些司空见惯的树木、花儿伴随了这个城市几代人的成长。

　　回想小时候姥姥家门前的柳树，春风还没吹来，柳条就已经发芽，远看已有绿意。柳树在春风里，飘荡着嫩绿的长条。等春姑娘渐渐长成少女的时候，柳树已绿叶成荫。左邻右舍的小孩们在柳荫下蹦着跳着，柳枝摇摆得激烈了起来，一片片柳叶在初夏午后的风中更显"妩媚"。小孩子们将柳条编成帽子，大孩子们将柳叶放在嘴边吹曲子，清脆的声音传到正在乘凉的老人那里，老人慈祥地看着一群狗儿猫儿一般的孩子，爬满皱纹的脸渐渐地舒展开来。

秋风吹了一场又一场，柳叶开始变黄脱落，随着一阵又一阵的秋风，落下一批又一批叶子，冬天就变成了光秃秃的寒柳，小孩子们便蜷缩在自家的窗台上期待着春姑娘的再次到来。

很多年后，姥姥家从平房搬到了楼房，玩耍的孩子们也长大了，孩子的孩子们已不再与柳枝、柳叶、泥土玩耍，他们也不再期待春姑娘那轻盈的脚步。想着想着，我的眼睛模糊了。

编辑说，夜深人静阅读《树下无言》，是一种走进自己的感觉，读着读着就流泪了，心中最柔软的那部分被深深地触动。不知地铁上的那个"静先生"是否也流泪了呢?

是时候静下来了,静下来想一些话,静下来走一段路,静下来看一本书:

> 春来时,满园繁花缀枝,蜂飞蝶舞,人群接踵而来,摩肩而去,香车熙熙,宝马攘攘,一片热闹景象。而身处热闹之中,却是在担心这繁华盛景能持续多久,只落得惆怅心绪,花前伤酒,朱颜消瘦。此情此景,有几人能知?

> 春去也,树头花飞花落,后院落英成泥。在拂袖清风里暗自嗟叹,暗自惆怅,却错过了河畔青芜,堤柳小桥,平林新月。总期冀美好更为长久甚至永恒,可夏花又余几枝?

> ……

——《树下无言·春去几树有余香》

当一切都开始静下来的时候,静得可以让我们听到平静的心跳声的时候,内心的一片绿也会静静地绽放。

厚朴，本名王剑国，现供职于青岛市林业部门，青岛市作家协会会员。曾任海军北海舰队某舰部门长、指导员，北海舰队政治部干事。曾为中国绿色时报驻青岛记者站记者。多年来致力于生态美文创作，笔耕不辍。

读书者乐树

厚朴

古人云：仁者乐山，智者乐水。我觉得还应该再加一句：读书者乐树。

转业后一直住在部队大院，房子是小了些旧了些，但楼下绿化得特别好，一株株老树静静地伫立在大院的各个角落。楼门左侧有一株青朴老树，春夏枝繁叶茂，早晨总是在一阵阵清脆的鸟叫声中醒来。到了严冬时节，老干苍苍，枝丫疏疏，寒风掠过便是一阵悠长的哨音。每天都会在这棵老树下进进出出，邻居大妈告诉我，这株朴树与共和国同龄，我想它的年轮该是密密匝匝的七十圈了。越靠树中心的年轮越小，而就是这些小小的年轮，仿佛湖面上的层层涟漪，一圈儿一圈儿荡开去，传递着收获的信息，记载着生命的印迹。

求学时最大的快乐莫过于读书时守着一片绿树。在大学的教室，我喜欢坐在靠窗的课桌旁，享受着绿荫如盖的白杨树和铺满楼体的"爬墙虎"的绿色，陶醉于知名教授精彩的讲课艺术，在学者云集、芳草菁菁的校园，享受着释疑解惑后的快乐。那段时光，青春韶华如同断线的珠子，一不小心就抖落一串，等转过神来再看看，攥在手心里的已没有几颗。在年轮上，应该是圈与圈之间最密而又最模糊的一段。

工作之后的求读之旅犹如春蚕食桑，而写作时又如蚕吐银丝，往往经过无数个难眠之夜，每每浅思辄止，思路未开而一放几日。其间，既有工作之繁忙与压力，又有家事之忧心与焦虑。此时，我有时到八大关里走走，回望同样绿荫如盖的大树下，一张张凝思苦读的清秀脸庞构成一道宜人的风景；有时独自走近楼下的老朴树，或静坐其侧，或漫步其下，思爱人不言辛劳、默默操持，减除我孝亲育子之虞，想长辈悉心教导、时时提醒，使我不敢有丝毫懈怠，念朋友鼎力支持、拳拳盛意，让我不能愧对殷殷期待。

树下读书的日子总是流逝得让人感伤。"未觉池塘春草梦，阶前梧叶已秋声。"掩卷之际，倚干长思，虽心有所思、悟有所得，学识为之增进、胸襟为之开阔、思路为之明晰，却又常有愧意，既感有负古人之道，又觉未尽读书之瘾。学习乃一杯水，饮之止渴；学习乃一盏酒，品之悟道；学习乃一盅茶，啜之留芳。

"凡植木之性，其本欲舒，其培欲平，其土欲故，其筑欲密……其莳也若子，其置也若弃，则其天者全而其性得矣。"（柳宗元·种树郭橐驼传）。读书又何尝不是如此，有时需大量吸纳，有时又需片刻沉淀；既要极尽伸展，又要形成体系；既要广泛涉猎，又要有所取舍。读书与植树何其似也。

且留一片春光驻，不与年轮争短长。

从中国的西顿到英国的沈石溪

2016年1月6日下午，"这个时代的阅读奇迹——动物小说大王沈石溪浙少版《狼王梦》发行400万册"荣誉盛典在北京皇家大饭店举行。一本《狼王梦》的销量达到400万册，并且还将继续增长，这不仅是个巨量的数字，也是个阅读的奇迹。

2012年初，我刚刚调到书店企划部工作，跟随时任部门主任崔立群参加了当年华东六省一市在青岛的会议。会场上挂着一条长长的横幅，上面印有"动物小说家沈石溪"的字样。会议结束后，崔主任向出版社提出，想邀请动物小说家沈石溪来青岛，到卖场和学校看一看、讲一讲。有关会议的其他事情如今已经模糊了，但对这两幕仍记忆犹新。

没想到，就在2012年的年底，我第一次见到了沈石溪，那个小读者喜欢的动物小说家。那是一个晴朗冬日的下午，机场航班来来往往，聚集了不少送站、接站的人，我举着一个姓名牌等待沈石溪的到来，与旁边手捧鲜花的姑娘相比，"土"气了很多，再看看周围，虽也有高举姓名牌的接站人，但都是"某某国际大公司"或"某某学术讨论会"之类的，我手中的姓名牌是司机师傅用了很久的，上面印有新华书店四个大字，是块缺少一个角的塑料牌子。那是我第一次独自迎接陌生的客人。几分钟后，我将那块司机师傅好心借我使用的姓名牌藏在了书包里，并迅速从里面掏出一本《狼王梦》。书中印有沈石溪的照片，照片上的他目光深邃，有着这个年龄少见的浓密乌黑的头发，五官立体，笑容温暖而富有感染力。当我基本确定可以从熙熙攘攘的人群中认出沈石溪的时候才稍许放松了一点。

航班没有延误，准时到达，我目不转睛地盯着出站口走出的乘客，当一位身穿浅色西服，中等身高，偏瘦，满脸笑容的一位男士走出时，我急速走上前，微笑着说："沈老师，您好。""您好。"他主动与我握手，那是一双写字的手，温暖而有力量。

从机场到市区的路上，坐在副驾驶上的我偷偷从后视镜中观察坐在后排的沈石溪。他是我第一次近距离接触的作家，也是我在读过其作品后见到的第一位作者，所以至今还清清楚楚地记得见面时的那份激动、忐忑的心情。记得当时他正在给家里打电话，说着"我已平安到达青岛……"之类我完全听不懂的上海话，这让我第一次觉得自己的语言系统是那么的薄弱。

之后的几天，我陪同沈石溪走进校园给孩子们讲故事、讲创作、讲生活。他所到之处，都受到老师和孩子们的热烈欢迎。有的老师兴奋地说："您的作品是孩子们最喜欢读的。"

动物之于小孩，就像珠宝之于女人，跑车之于男人，是一种天然的喜爱。孩子们会把小动物当成亲密的朋友，把委屈诉说。孩子们看着小动物一点点长大，明白生命是如何成长、繁衍的。孩子们与小动物嬉戏玩耍，喂养和训练它们，自然形成了一幅和谐、美好的画卷。孩子们见到小动物就是快乐的。

也许孩子们跟我一样，第一次见到作家，而且是写了很多动物故事的作家。《斑羚飞渡》《最后一头战象》《猎狐》……都是出自眼前这位沈石溪之笔。那些充满想象力的故事，会说话的动物，在沈石溪的动物小说中都能找到。

他给孩子们讲在云南生活时候的故事，讲保姆蟒的创作灵感，讲猎狗与小鸡的故事……每一个故事他都使尽浑身解数地表演着、抑扬顿挫地讲述着，无数双亮晶晶的眼睛紧紧跟随着他。他从讲台走到同学们中间，和蔼地解答同学们的问题，慈爱地笑着。

走出学校，我们来到海边。冬天的海边有些清冷，三三两两的商户在海风的吹拂中卖着那些所谓的"特色"商品。"给你们买点儿吃的吧？"沈石溪说。"啊？不用不用，怎能让您花钱，我的地主之'颜'哪里安放？""我年龄比你们长，给小孩们买点儿吃的。"我们接着哈哈地笑了起来。我们在他眼中就是孩子。海风拂面，他接着说，"青岛的美，除了红瓦绿树，就是海岸线坐落在市区，这是得天独厚的大自然的馈赠。"走着、聊着，不经意间到了晚饭时间。虽是青岛女孩，却不善喝酒，只有请他独自品尝驰名中外的青岛啤酒了。

2013年，我又见到了沈石溪，他没有什么变化，只是作品又多了几部。对于我，这一年也读了他的不少作品。其中有一本叫作《那个年代的我》，是一部带有自传性质的短篇小说合集，作品风格独特，题材多样，通过一个少年在成长中经历的各类刻骨铭心的事件，真诚而质朴的讲述着一个人的童年，让我们真切地体味着一个人成长的真实轨迹。读惯了、看惯了他的动物小说，读一读《那个年代的我》，反而会让人联想到如果没有动物小说家的称号，如果没有"中国的西顿"这样的褒奖，如果没有被市场画个"圈圈"圈定，我们会不会读到不一样的沈石溪？

说到"中国的西顿",如今西顿的书上出现了"英国的沈石溪"的宣传语。沈石溪的动物小说现已被翻译成多国语言,拥有遍布全球的小读者,"狼王梦"也算我们的"中国梦"吧!2016年初,当我远远地站在《狼王梦》400万册发行庆典现场的角落时,恰好也正在连线电台一档图书推荐栏目,这期我选择朗读《斑羚飞渡》:

> ……山涧上空,和那道彩虹平行,架起了一座桥,那是一座用死亡做桥墩架起来的桥。没有拥挤,没有争夺,次序井然,快速飞渡。……从头至尾,没有一只老斑羚为自己调换位置。……砰,砰砰,猎枪打响了,我看见,镰刀头羊宽阔的胸部冒出好几朵血花,它摇晃了一下,但没有倒下去,迈着坚定的步伐,走向那道绚丽的彩虹。弯弯的彩虹一头连着伤心崖,一头连着对岸的山峰,像一座美丽的桥。它走了上去,消失在一片灿烂中。

2016年的年底,沈石溪又一次来到青岛,距离八月在上海遇见他又隔数月,而这次他说是我的上海之行所致,只是没想到这个冬日我去了北京。在进京的火车上,我手中一直捧着《那个年代的我》。

沈石溪，著名动物小说作家，被誉为"动物小说大王"。他专注于动物文学创作近四十年，创作了大量精品力作，呈现出独特的美学意境和艺术品格，深受当代少年儿童的喜爱。

欣赏动物的美丽和高贵

沈石溪

有一句话说得好，动物是人类的朋友。我想再补充一句，动物不仅是人类的朋友，动物还是我们人类的老师。

早在地球上出现人类之前，各种动物已在大自然中生活了亿万年，在它们为生存而斗争的长期进化中，获得了与大自然相适应的生存能力。动物学的研究表明，动物界具有许多卓有成效的本领，如体内的生物合成、能量转换、信息的接受和传递、对外界的识别、导航、定向计算等，比我们人类不知高明多少，着实令人惊叹不已。

聪明的人类善于模仿，从古至今，人类就通过观察动物奇特的生存本领，为我所用，发明创造了许多给人类带来莫大好处的工具和技艺。譬如模仿青蛙游泳的姿势，学会了蛙泳；模仿动物的鳞甲，盖起了屋顶的瓦楞；

模仿鱼类的形体造船，并模仿鱼鳍制造出船桨；观察鱼在水中用尾巴的摇摆而游动、转弯，人类就在船尾上架置橹和舵，增加了船的动力，掌握了使船转弯的手段；模仿蜻蜓发明了直升机；模仿甲虫发明了坦克；根据野猪鼻子测毒的奇特本领制成了世界上第一批防毒面具；根据蝴蝶色彩伪装的原理发明了迷彩服；模仿海豚发明了潜水艇并利用海豚的"回声定位"发明了声呐系统；利用乌贼和章鱼喷射墨汁的原理制造出烟幕弹；利用蛙跳的原理设计了蛤蟆夯……

到了二十世纪六十年代，兴起一门新的学科，叫仿生学。所谓仿生学，就是模仿生物——主要是动物的特殊本领，利用生物的结构和功能原理来研制机械或各种新技术的科学。

短短几十年，仿生学就取得令人瞩目的成就。譬如根据响尾蛇的颊窝能感觉到0.001℃的温度变化的原理，人类发明了跟踪追击的响尾蛇导弹；模仿警犬的高灵敏嗅觉制成了用于侦缉的"电子警犬"；生物学家发现蜘蛛丝的强度相当于同等体积的钢丝的五倍，便制造出可以用来做防弹衣、防弹车、坦克装甲车的高强度纤维；根据青蛙视觉原理，发明了电子蛙眼，使雷达系统能快速而准确地识别出特定形状的飞机和舰船，并能够识别真假导弹；模仿袋鼠跳跃，发明了越野车；模仿袋鼠的育儿袋，发明了育儿箱；根据蝙蝠超声定位器的原理，人们还仿制了盲人用的"探路仪"；研究萤火虫，发明了冷光技术；利用苍蝇特殊的生理结构，仿制成功一种十分奇特的小型气体分析仪，安装在宇宙飞船的座舱里，用来检测舱内气体的成分；仿照水母顺风耳的结构和功能，设计了水母耳风暴预测仪，能提前十五小时对海洋风暴做出精确预报；依照长颈鹿皮肤原理，设计出一种新颖的"抗荷服"，从而解决了超高速歼击机驾驶员在突然加速爬升时因脑部缺血而引起的痛苦；依照蝴蝶表皮鳞片调节体温的原理，为人造地球卫星设计了一种犹如蝴蝶鳞片般的控温系统……这样的例子不胜枚举。

虽然人类通过拜动物为师，得到越来越多的实惠，获得越来越大的利益，但人类还是改不了妄自尊大的老毛病，人类总是习惯将自己视为天地之精英，万物之灵长，凌驾于一切动物之上，绝不会发自内心去尊重动物，平等友善去对待动物，也绝不肯放下架子老老实实拜动物为师，向动物学习。人类最多会承认动物的某些特殊的生物功能和特别的求生本领比人类强，抱着一种实用主义的态度和投机心理，去研究和模仿动物特殊的生存技能，来发展人类的科学技术。

拜动物为师，向动物学习，不该仅仅局限在仿生这个层面，许多动物在择偶、婚配、家庭、抚养后代和社会生活等诸多所表现出来的高贵情感和优秀品质，在面临危险所表现出来的坚强意志和不屈不挠的奋斗精神，在适应环境方面所表现出来的生存智慧和卓越才能，也同样值得人类尊敬，也同样值得人类学习。

人类一向把动物贬斥为低等生灵，总认为情感生活是人类的专利，只有人才配谈感情，只有人才懂得爱，一切与爱背道而驰的行为，一切与伦理道德相悖的做法，都被指责为"兽性"或"兽行"，把不配做人的人叫作"野兽"。兽者，动物也。好像动物天生就是无爱的代名词，动物天生就是不道德的同义词。不错，人间自有真情在，其实兽间也自有真情在。在情感层面上，动物所表现出来的行为，常常会令我们人类感到汗颜。

当雌鹦鹉忙着抱窝孵卵时，雄鹦鹉会反哺出食物嘴对嘴给爱妻渡食；一只野山羊和一只小火鸡，完全不同的两个物种，却有着相濡以沫的友谊，小火鸡义务为野山羊站岗放哨，野山羊刨开积雪为小火鸡提供可果腹的草籽；一盆黄鳝眼瞅着就要进油锅了，母黄鳝将小黄鳝含进嘴里，尽自己所能保护下一代；母雁和小雁都被猎人抓住了，公雁有机会逃生，却至死也不愿与亲人分离；

两条接吻鱼，恩恩爱爱，形影不离，在它们的生命旅途中，时时刻刻享受着爱情的甜蜜；面对强敌，五只年轻的灰鲸团结奋战，打响了一场生命保卫战；都说夫妻好比同林鸟，大难临头各自飞，但一对陷入绝境的狼夫妻，却到生命的最后一刻也不愿分离，爱与生命同在，生命结束了，爱还在延续⋯⋯

动物的生存能力，更让人类自叹不如。无论高山雪域、戈壁荒漠，还是寸草不生的生命禁区，人活不下去的地方，却往往是动物的生活乐园。动物们无与伦比的生存本领和适应能力常常超出了人类的想象，地球的每个角落，都能听到动物吟唱的荡气回肠的生命之歌：

生活在沙漠腹地的沙鸡，因为干旱，小沙鸡渴得奄奄一息，沙鸡妈妈千里飞行，到遥远的池塘用羽毛吸水的办法，将救命的水运回来喂孩子；壁虎、蜥蜴和各种鸟都把披甲树螽当作可口的点心，面对数不清的天敌，披甲树螽不惜从背部和腿上喷射鲜血，以血换命，击退天敌，求得一线生机；灰熊的栖息地被人类霸占了，食物源被人类掐断了，聪明的灰熊将觅食眼光投向人类的废弃物，学会了靠捡食人类垃圾而顽强生存；生活在太平洋的章鱼，为适应辽阔无边的海洋生活，进化出三个心脏和两套记忆系统，竟然成了人类预测足球世界杯赛的章鱼哥；圣诞岛数以千万计的红蟹，犹如滚滚红潮，穿越树林、田野、村庄、公路、铁轨，克服一切艰难险阻，迁徙到远方产卵；生活在非洲稀树草原的细尾獴，天上有苍鹰、游隼、白尾雕，地上有狮子、猎豹、斑鬣狗，还有巨蜥、鳄鱼、眼镜蛇，谁都想将细尾獴当点心吞吃了，为了能在天敌林立的稀树草原赢得一席生存之地，细尾獴创建了动物界最严格的站岗放哨制度，既有地面瞭望哨和天空瞭望哨，还有巡逻哨和躲藏在灌木里的暗哨；太空应该说是最严格意义上的生命禁区了，真空、低温、辐射和微流星，让任何生命都无法在太空生存，但出人意料的是，有一种小小的水熊虫，被宇航员带到太空后，却能在生命禁区顽强生存下来，创造了生命的奇迹……

经过亿万年的进化，经过弱肉强食

丛林法则的严峻考验，大浪淘沙，千千万万物种早已变成化石，淘尽泥沙是黄金，还能活到今天的每一种动物，都是生命的奇迹，都是千锤百炼的精华物种，都是生命大舞台的明星主角，都有它的过人之处，都值得我们赞叹和敬重。

古人云，三人行，必有我师。我要说，动物界，必有我师。

然而，我们某些人类又是怎么对待可敬可爱的动物老师的呢？用欲哭无泪这四个字来形容，再恰当不过了。

一声枪响，珍贵的远东豹倒在了血泊中；随着大片树林遭到砍伐，猫头鹰只能躲藏在烈士陵园里苟延残喘；捕鲸船狂捕滥杀，一条条美丽的鲸变成浪尖上的冤魂；小猎豹称得上是动物界的短跑冠军了，却怎么也跑不过呼啸的子弹，在枪口下凄凉地呻吟；黑犀牛就因为长着一支犀牛角，就被雪亮的斧头残忍地劈掉了鼻子；被迫在舞台上当飞刀表演活靶子的猴，因为表演者失手而被利刃穿心；为了贵夫人身上鲜亮的裘皮大衣，可爱的浣熊惨遭最残忍的刑罚，被活体剥皮……

有一位作家曾记录下渔民是如何猎杀海豹的："上千头海豹在金色沙滩上栖息，非法捕猎者很快走近了海豹群，他们像砍白菜一样，挨个挨个地对海豹进行了大屠杀。一个个渔猎者手持带钩的钢叉走向冰面上晒太阳的海豹。随着钢叉飞舞，一只只海豹倒在冰面上。然后，一把尖利的刀刺进海豹的眼睛，灰白的皮从鼻尖被撕开直到后鳍。如果是雄性海豹，还要难免被阉割。有些小海豹直到临死，依然死命地咬着已倒在血泊之中的海豹妈妈的乳头。另外一些神志清醒的海豹幼崽被钉在钩竿上，在浮冰上被拖走，受伤的海豹幼崽流血窒息而亡，尚有知觉的海豹幼崽被开膛破肚……很难想象，这对于海豹来说，是一种多么大的痛苦！很难想象，这是一种多么凶残的屠杀！"

字字血、句句泪，这是血泪控诉，控诉人类的暴行，控诉人类肆意践踏和蹂躏生命！

金钱至上，物欲横流，无休止的挥舞屠刀，使人心变得坚硬和冷漠，习惯了将生命当儿戏，习惯了以剥夺生命而取乐，习惯了榨干生命而攫取利益，最终不可避免将这血色恐怖蔓延到人类社会来，使人与人之间的情感世界变得满目疮痍、一片荒芜。

最近几十年来，世界经济高度繁荣。高楼林立，城市膨胀，人们的生活日渐富裕。但有些地方发展经济是以牺牲环境为代价的。人们利用手中所掌握的高科技，肆意掠夺自然资源，破坏生态，污染空气，毒化环境，榨取财富。千顷良田变成喷吐黑烟的工厂，植被消失，物种灭绝，绿水青山变成污水秃山，天空飘浮厚厚一层雾霾，遮断了阳光，空气中弥漫着一股呛鼻的硫黄味和甲醛味。

再这样下去，地球还能不能适宜人类居住都成了问题。

环境保护问题，成了全人类共同关注的焦点和共同关心的话题。保护野生动物无疑是保护环境最重要的一个环节。于是，人们把更多同情、欣赏、关爱的目光投向那些岌岌可危、濒临灭绝的野生动物。爱屋及乌，也开始对描写动物类书籍有了兴趣。特别是青少年读者，越来越喜欢阅读中外动物小说。

动物小说最打动人心的地方，就是通过阅读优秀动物小说，清晰听到动物的心声，或哭泣悲鸣，或笑语欢歌，触摸动物美丽的心灵。

地球并非人类私有，动物与人类共同拥有我们这颗蔚蓝色星球。动物绝非我们人类想象的那么低级那么低能，动物也是有血有肉、有情感有灵性的生命。人类为了自身利益，长期以来粗暴剥夺野生动物的生存家园，歧视、迫害、虐杀野生动物，许多珍贵的野生动物濒临灭绝。假如哪一天世界上所有的野生动物都被消灭殆尽，这一天也一定是人类的末日。为了人类自身的利益，我们必须学会与动物和睦相处，相互依存，共生共荣。以对话代替战争，以和平代替杀戮，以平等代替歧视，以温柔代替粗暴，以尊重代替仇恨。通过对话建立大自然新秩序：人与动物和谐共存。通过阅读这些中外作家呕心沥血创作的优秀动物小说，你能真切感受到作家对生命的敬畏和对动物的尊重，也能真切感受到另类生灵的美丽与灵性，既是艺术的享受，也是精神的洗礼和灵魂的升华，会让我们的心灵变得更柔软，让我们的感情变得更丰富，让我们的视野变得更开阔，让我们的生活变得更美好。

最后，我想奉劝至今还在肆无忌惮虐待和屠杀野生动物的偷猎者：警醒吧，聪明过度的人类，警醒吧，贪得无厌的人类，为了子孙后代的永久幸福，请放下你的屠刀，学会用温柔的眼睛欣赏动物的美丽和高贵。有一句话说得好，放下屠刀，立地成佛。也许放下屠刀后，你未必能立地成佛，但放下屠刀后，你一定能立地成人。人类的道德光芒，不仅要照亮人类社会，还要照亮动物世界，照亮我们整个地球的生态环境。

几年前，我在临近一所学校的书店工作。每到午休时间，学生们就会成群结队来到书店，三三两两地聚集在不同类别的图书前翻阅着、细读着。有一些中高年级的女同学会聚集在一个写着"阳光姐姐伍美珍"的图书展架前，津津有味地阅读着展架上的书，她们常常忘记时间，直到有同学提醒"上课啦"，才急匆匆地丢下图书，跑向学校。店员们便开始收拾从书架上拿下来的图书，《我的同桌是班长》《做好学生有点累》《没有秘密长不大》《单翼天使不孤单》等，这些透着校园生活的书名让人一看就能猜到那一定是在讲述孩子们亲身经历或他们似曾相识的故事。每天都要跟不同的图书"打交道"，很多时候店员们只要看看书名就能八九不离十地猜到书里讲了什么。从那时起，"阳光姐姐"这个被小读者赋予的称呼也在我的记忆中烙下了印记。

2018年5月，因为工作之便，我第一次见到"阳光姐姐"伍美珍，第一印象便是她甜甜的笑。

"伍老师，您好！"我主动问候。

"您好！"伍老师回应。

"今天的天气不错啊！"伍老师说。

"是的，有阳光了，昨天还下雨呢。"我答。

我的这个回答，直到在聆听伍老师给孩子们的第一场讲座时才发现是比较适宜的，可是我当时的回答也仅仅是说了事实。

面对脸上绽开笑容的孩子们，伍老师抛出的第一个问题便是："听说这几天青岛一直在下雨，今天雨过天晴了，你们相信是阳光阿姨驱走了雨水吗？"孩子们异口同声地回答："相信。"伍老师接着说："谢谢孩子们，阳光阿姨说的是一个愿望，不是真的。"阿姨？坐在后排聆听的我敏感地察觉到了伍老师这个称呼上的变化。事实上，从年龄上讲，面对如今的小读者或许"阳光阿姨"更加适合，但是"阳光姐姐"已经深入人心。尽管伍老师在讲座中始终用"阿姨"的称呼，可孩子们还是用"阳光姐姐"作为对话的开始。我不禁感受到了作为

一名长久为孩子写作，长久跟孩子接触的儿童文学作家的幸福。不知不觉，脑海中飘过鞠萍姐姐的样子，回想当年"七巧板""大风车"等节目中的鞠萍姐姐也年近花甲，可在几代中国儿童的心中，她永远都是鞠萍姐姐。我想阳光姐姐也一样吧，她的第一批小读者尽管已经是二十几岁的大学生，可无论时光怎样变迁，在曾经、现在甚至是未来阅读她作品的孩子们眼中，伍美珍永远是"阳光姐姐"，因为他们是在童年遇到的她。

　　如果说细心观察生活是作家们的共性，那么伍美珍则是通过细心观察儿童的生活，然后再以女性特有的敏感、细腻、体贴和善良走进少男少女的世界，用讲故事的方式表达他们的情感与心灵的世界，写下你我他的少年时代或是如今少年的少年时代，让小读者在他们自己的故事中学会了成长、感受了温暖、变得更加坚强。

《单翼天使不孤单》这本书的故事就是如此。它讲述的是一个大家眼里的"优秀生"张小伟的故事。所谓"单翼天使"指的是失去父爱或母爱的孩子。张小伟的内心，是一口深井，隐藏着伤心、孤独和难言的苦衷，但老师的关心、同学的交心让他渐渐地敞开了心扉并学会了爱与宽容。张小伟代表的单翼天使们只有彼此拥抱着才能飞翔，他们体会着成长的快乐。这样一个故事来源于伍美珍曾经主持"阳光姐姐热线"时的真实案例，当她将这个真实的故事用充满爱和温暖的文字写出来的时候，又出现了奇妙的反应。

阳光姐姐说，有一次，她在广州某个学校讲课，遇到一位小读者双手捧着《单翼天使不孤单》一书请她签字，并请她写一句鼓励的话语。小读者说："我想把这本书送给我的一个好朋友，她的爸爸和妈妈离婚了，班里除了我没有人知道她是来自单亲家庭，大家只觉得她不爱讲话，很爱哭。阳光姐姐，我读到《单翼天使不孤单》时，一下子就想起了她——我的好朋友，我要把这本书送给她，希望她可以像张小伟一样快乐起来。"小同学一边急匆匆地说完，一边拿着已经签好名的图书迫不及待地跑远了。听着阳光姐姐的讲述，那个飞奔远去的小同学的背影出现在眼前，还有一位站的远远的小姑娘，正在微笑着迎接她，书中的张小伟也出现了，他们快乐地玩耍着。

这是童话的力量吗？在孤单无助的时候给人安慰和力量。诚然，在很多优秀的儿童文学图书中，我们都能读到这样的故事，但是读到故事不是目的，要读出故事背后的故事。或许这就是人们说的，书里有高大、明亮的玻璃窗，有热气腾腾的清茶，有熟悉的味道，有可以玩耍的同伴，有回家的温暖吧。

或许是因为我对童话的相信，生活工作中也多了"童话"的安排。我与心目中的阳光姐姐遇见在这个小小的书店，亲近在这个小小的书店，只是她并不知道。回望我曾经工作过的书店，因为有了它，同学们中午多了一个心灵栖息的地方；因为有了它，这个城市的老区不再荒凉；因为有了它，很多长大走出去的人们在繁华的大都市骄傲地谈着我们的小时候；因为有了它，我们经历了许多奇妙的遇见。

伍美珍，"阳光姐姐"品牌书系主创及主编。在大陆及港台出版少儿读物一百余部。曾获中宣部"五个一工程"奖、文化部蒲公英少儿读物奖、冰心儿童图书奖等。

我看的第一本童话

伍美珍

我曾经有一个抽屉，那里面装了很多的钢笔和笔记本，那些都是我获得的奖品——参加作文竞赛及语文竞赛得到的。

语文曾是我最擅长的课程，包括作文。

几乎我写的每篇作文，都会被语文老师当作范文，在作文评选课上当众朗读，并作点评；而每次参加作文竞赛，或是语文竞赛——无论是全校或是全市的——我总是会拿一等奖。

现在有小时候的同学见了我会说，怪不得你成了作家，小时候你似乎就是作文天才么！

写作的确是需要天赋的，但是，我觉得那时候语文学得好，作文写得好，主要还是得益于我的阅读。

我的阅读量恐怕是全班最大的，那时候，家里几乎没有什么书籍，学校也没有什么课外书可看，但是我总是能从各种渠道借来书籍，看得津津有味。

很多人可能都忘了自己读到的第一本书，而我，却记得很清楚。

那一年，我大约只有五岁。我无意中在家里发现了一本破破烂烂的书，那本书已经没了封面，所以我看到它的时候，直接看到了书里的文字，以及很多的插图。

对于一个五岁的小文盲来说，书里的文字自然是没有什么吸引力的，但那本书里数量众多而且富有童趣的插图，一下子就把我吸引住了。

我每天都翻着这本书，像是宝贝一样。

天知道我是如何读懂了书中的故事的，我至今还记得，这本书写的是一个名叫小布头的布娃娃，因为和他的小主人——一个小女孩生气，而离家出走的故事。

或许是家里的哥哥姐姐讲给我听的吧。

我真是被这个故事迷住了！

因为我也有一个布娃娃，我每天都喂

她吃饭，哄她睡觉，但是，我心里很明白，布娃娃既不会吃饭，也不会睡觉，那些都是过家家玩的。

但是，书里的布娃娃却有了生命，他和一个小孩子没两样。

我就像是一个一直被关在黑屋子里的孩子，有一个人在我面前打开了一扇明亮的窗户，让我看到了窗外有一个奇特、美丽和浪漫的世界。

这个世界，就是童话的世界、文学的世界、书籍的世界。

或许是因为这本书，我才迷上了阅读；而到了今天，我也成了一个为很多孩子打开阅读这扇"窗户"的作家，这是我感到十分欣慰的事情。

为我的童年打开这扇窗户的作家，他叫孙幼军；他的这部童话，非常有名，至今还有很多孩子在阅读，它叫《小布头奇遇记》。

2017年1月，在每年一度的北京图书订货会现场，我看到一张印着"海底隧道"的图书宣传画。于是我三步并作两步，快速来到出版此书的出版社展位前仔细询问，原来这是现居青岛的作家杨志军新创作的一部少儿长篇小说《海底隧道》，讲的就是青岛和黄岛之间的那条海底隧道的故事。

人们对家乡的事和人总是格外关注，我也没忍住，便顺口问道："就是发行量已经超过百万册的《藏獒》三部曲的作者杨志军吧？""是的。"出版社的工作人员回答。"噢，我认识，2013年4月23日我还主持过杨志军的新书《藏獒不是狗》

的发布会呢"，我心想。曾经读过杨志军为一位作家的一套书写的总序，当中有这样一段话，"鉴于我对朋友的挑剔，只能说应该是朋友，但又吃不准，因为没有心与心的交换，更何况朋友应该互为彼岸，在我一直都是汪洋泗水的时候，对方的认可就更重要。"鉴于杨志军对朋友的定义，我们应该不算是朋友，但是在异乡遇见他的作品还是倍感亲切，而且我们或许有可能成为朋友，此时此刻，我关心的则是能否为杨志军在青岛做一场新书分享会。

又逢4月23日世界读书日，杨志军如约而至。他还记得我，还记得那场《藏獒不是狗》的发布会，所以这次的邀请更加顺畅，他应我之求，为我们录制了一段《海底隧道》的片段朗读。他的朗读就像他故事中的文字，平静淡然，但是他那清澈悠远的具有历史性的目光，击中的却是现实中越来越稀缺的理想情怀。有评论说："这是一部天真的作品，看不到藏地荒原的波澜壮阔，反而感受到隐藏在小说背后的巨大力量。大爱、情怀、悲伤、喜悦都表达得很平静。"这样一部作品会伴随孩子们的成长。

我觉得它过于悲伤，从翻开书的兴奋到合上书的泪流满面，感觉人生的边际就在一个一个具体的"我"中。

小说里的爸爸、妈妈和京生叔叔的人生中，京生叔叔的祖籍是杭州，他出生在北京，跟妈妈是大学时的同班同学，因为爱情追随妈妈一起来到高原。有一年冬天，爸爸带着几个人去野外做实验，晚上在河边宿营时，河水猛涨，浸透了放在河滩上的靴子。京生叔叔作为年轻的后生，偷偷用自己的靴子把爸爸的靴子换了过来。靴子是发的，都一样，爸爸没有看出来。实验队伍从低洼地到高山雪线，越来越冷，京生叔叔穿着结冰的靴子，冻坏了双脚。爸爸发现后，和同伴抬着他，跋涉了三天，才把他抬到厂区医院。医生说："晚了，双脚已经受冻坏死，只能截肢了。"当然，截掉的还有他的爱情。他不想拖累妈妈，一再强调，他要回北京。其实他哪儿也去不了，他是原子物理学方面的天才，工厂需要他。

后来，妈妈和爸爸结婚了。京生叔叔始终坚持，只有妈妈答应和他之间已不存在爱情，只有妈妈答应他嫁一个健康完整的人，他才同意妈妈照顾他。照顾京生叔叔也是爸爸的愿望。后来，工厂解散了，爸爸妈妈回到青岛，京生叔叔没有跟随他俩回去，他作为技术顾问留守在厂区。因为妈妈始终放心不下京生叔叔，回到青岛后身体又出现严重醉氧的情况，所以爸爸心疼妈妈，让妈妈回到了高原。

为了避免别人说京生叔叔和妈妈的闲话，也为了不让京生叔叔撺走妈妈，爸爸接受了妈妈提出的离婚提议。爸爸说："尽管你是我的学生，我比你大十岁，但是我的青春是你给的，我一定会等着你，多久都行。"

再后来爸爸也回到了高原，他曾经是辐射组的组长，最清楚多次的爆炸实验所波及的范围和方圆几十公里的地形，他这次是作为专家去清除污染的。当人们把爸爸从塌方的土石中挖出来的时候，他双目紧闭，永远离开了我们。

故事的最后，京生叔叔因为病情恶化，也离开了我们。妈妈是一个癌症患者，多次的晕厥，并不是醉氧，只是不想让爸爸担心她。妈妈说，爸爸和京生叔叔在另一个星球等着她。

人生就是从一个星球到另一个星球，张老师和姐姐的故事也是这样。张老师是一个孤儿，大学毕业回到家乡的弱智学校工作，在那里她教孩子们数数、认字、洗衣服……有一次，在寻找"我"时从山崖上摔了下去，导致她高位截瘫，但她依然坚持在学校教书，她说，那些孩子离不开她。

当姐姐第一次跟"我"去看望张老师的时候，就被张老师的故事深深地感动了。从那以后，姐姐虽留在青岛上学，但每周偷偷跑去张老师所在的学校给那些学生们讲故事。姐姐喜欢张老师，张老师也喜欢姐姐，张老师说，"第一次见到她的时候，就有一种很熟悉的感觉。"后来我知道，姐姐是爸爸妈妈在高原捡到的一个患有先天性心脏病的孤儿，所以当姐姐看到张老师，看到那些学生们，就从心底里想要帮助他们、关心他们。

几年后，张老师的病情复发，她放心地走了。后来，姐姐变成了"张老师"。几年后，姐姐心脏病复发，她说，她要到另一个星球去看望张老师，去看望爸爸、妈妈和京生叔叔。

"张老师"学校的孩子们每天都带着铁锹到森林里去挖一条通向青岛的道路，因为他们知道老师在青岛治病，因为他们知道山背后就是海，洞是通往海底的，沿着洞往前走，就能走到青岛。

直到有一天，孩子们听说有人要替他们挖隧道。一条经过立项、论证、开工挖掘，连接黄岛和青岛的海底隧道开通了。孩子们坐着公共汽车，穿过明亮的海底隧道，看到了站在隧道口对着他们微笑的"张老师"，这是一张更加年轻温和的笑脸……

　　京生叔叔曾经说过，"一旦找到空间的边际，时间就会停止。现在需要证明的是空间的边际在哪里。如果从自己出发，边际就在遥不可及的宇宙；如果从宇宙的开始出发，边际就是所有人的'我'"。一个"我"和一个"我"连起来就是一个星球的边际，一个星球和一个星球连起来就是一个宇宙的边际。这边际中是一个又一个鲜活的生命在流动……

　　"我"大学毕业后去了高原的金银滩，那是爸爸、妈妈、京生叔叔作为中国第一批核武器研究基地的工作人员工作过的地方，那是姐姐长大的地方，现在那里也有了一所"张老师"学校，"我"每周都去。

　　杨志军说，"这是一个真实的故事，来源于他的一次采访。要将这个故事写给儿童，很难。"我终于明白了什么叫用儿童能理解的语言讲述，用儿童能接受的情感来表达。但对他们而言，现实太过悲伤。几代人的青春、生命、人生际遇、命运安排对于儿童来说，是一个久远的故事，是另一个星球的边际。但是，眼前的这条海底隧道真切地将黄岛与青岛连接了起来，将西部与东部连接了起来，将曾经的儿童和现在的儿童连接了起来，将此岸与彼岸连接了起来……

杨志军，著有长篇小说《环湖崩溃》《海昨天退去》《失去男根的亚当》《隐秘春秋》《藏獒》《海底隧道》等。作品曾获全国文学新人奖，《当代》文学奖，全国第十届精神文明建设"五个一工程"奖等。曾入围第七届茅盾文学奖，入选台湾十大畅销书排行榜，入选"首批齐鲁文化名家"。荣获《当代》创刊三十五周年荣誉作家称号。部分作品在国外翻译出版。

我们为什么需要文学

杨志军

动物的记忆可以让它们想起遥远的往事，却无法让它们回想前辈的生活。人却可以，因为人有阅读，有文学。古罗马角斗士的悲惨经历、古拉格群岛的黑郁场景、奥斯威辛集中营的凄风苦雨、慰安妇经久不散的噩梦与眼泪，以及最冤的冤案到底有多冤，最贪的贪官到底有多贪，最惨的生活到底有多惨等等，如果没有文学耿耿于怀的追究，我们又能知道多少？历史只注重结论，而文学却要再现过程。也就是说，文学反映的是最隐秘的历史和最细微的现实。这是我们需要文学的第一个理由：认知世界的需要，也是"人"的需要。

生活是如此的不足，意愿是如此的不满，文学便有了弥补缺失的用途。我们在文学中可以找到梦寐以求的理想、不可言说的言说、无处发泄的愤怒、曲径通幽的佳境、震荡内心的共鸣，可以找到我的人格、我的羞愧、我的疯狂、我的忧思，我的苍凉、我的眼泪、我的情人、我的写照，一切得来全不费工夫。当道路出现裂痕，人生有了迷惘，现实击碎梦想，文学便会出来挽救我们，把我们的悲观绝望消解在心灵满足的乐观之中。对永远都是情感大于行为、想象大于实证的人类来说，文学作为情感和想象的载体，将是不可舍弃的永恒伴侣。凡是动物都有情怀，但只有人的情怀多数来源于阅读，来源于文学。有人说，见的人越多越喜欢狗。我要说，读的书越多越喜欢人。只读书，别见人，你眼里就全是真正的人。我们的生活需要实实在在的金钱，我们的心灵却需要文学的虚幻。这是我们需要文学的第二个理由：填补心灵的需要，自然也是"人"的需要。

为房车为权力为财大气粗为出人头地而活着并沾沾自喜的人，他的残缺是他自己不知道的。一个健全的人一定是一个拥有精神高度的人，高度来自淘洗灵魂、追问信仰的阅读。我想强调的是：文学能带给我们高度，所有的文学大师都能带给我们活着的高度。如果他不能带给我们高度，他就不是大师。温饱之上，步步攀高，欲求灵肉俱佳的人，请阅读大师，阅读经典。我以为这是我们需要文学的第三个理由：生命高贵，灵魂干净，人格健全，风骨挺拔的需要。简言之，就是精神向上的需要，说到底也还是"人"的需要。

有人问萨特："我们为什么需要文学？"萨特说："我们可以不需要文学，但世界也可以不需要人。"是的，文学带给人的优雅的精神绽放，是这个世界最美丽的花朵。

有一段时间，我特别痴迷理科背景作家的文字，像冯唐的《十八岁给我一个姑娘》《北京北京》等，感觉他的文字很有逻辑又很犀利。后来想想，很大原因是他曾经是一名医生，正如很多人喜欢读鲁迅一样。在思想碰撞之下，迸发出来的是带有逻辑与令人折服的火花，缜密的思维，有魔力的语言，瞬间可以洞察人心的智慧。这就是理科背景作家的独特魅力，也是我将要提笔介绍儿童文学作家张之路的原因之一。

我曾有幸聆听张老师的讲座，讲座中张老师给孩子们讲的第一个故事叫作"小兔子吃萝卜"。有一天，一只小兔子来到菜市场对一个卖菜的说，"给个萝卜吃吃呗？"卖菜的说，"没有。"第二天，小兔子又来了，对卖菜的说，"给个萝卜吃吃呗？"卖菜的依然说，"没有。"第三天，小兔子又来了，还是对卖菜的说，"给个萝卜吃吃呗？"卖菜的气哄哄地说，"小兔子，你再来要萝卜吃的话，我就用剪刀把你的耳朵剪掉。"第四天，小兔子来到卖菜的面前说，"请问您这里有剪刀吗？"卖菜的说，"没有。"小兔子接着说，"给个萝卜吃吃呗？"现场的孩子们哄堂大笑。张老师接着问道："你们知道兔子是什么颜色的吗？"有的孩子说白色，有的说黑色，也有的说灰色。张老师又问："那你们知道这只小兔子有什么特点吗？"执着、认真、可爱等描述特点的词汇从孩子们口中"蹦蹦跳跳"地说了出来。张老师听着孩子们的答案不住地点头，很认真地说："同学们回答得都不错，可是我在故事中提到小兔子的颜色和特点了吗？""没有。"同学们异口同声地回答。张老师说："对啊，但是同学们可以根据自己的知识和想象把这个故事讲得更加精彩，现在我们来改编一下这个故事。"同学们纷纷举手，每一位上台讲述的孩子，张老师都告诉他们，"首先应该跟台下的观众们鞠躬，然后再做自我介绍，最后再告诉观众们要讲的主题。"同学们在张老师的引导之下，讲小猫咪与鱼摊儿老板的故事，讲小狗与肉摊儿老板的故事，当然剪子也被换成了锤子、钳子之类的工具。同学们讲得认真，听得也认真，不一会儿七八个新的小故事出现了。这时，张老师做了总结发言，"同学们，老师告诉过你们写文章要有时间、地点、人物、事件，对吗？那么事件是不是又要有起因、经过和结果呢？运用合适的修辞手法对时间、地点、人物、事件进行描写，这就构成了我们的语言。请同学们大声跟我读'语言'。"

当同学们还沉浸在"语言"的感受中时，张老师又给大家讲了一只"会发光的猪"的故事。故事是这样的，有一天，张老师在办公室读报，报纸一角的科技新闻引起了他的关注。这则新闻写到，有位科学家将发光水母体内的发光因子，即发光基因用最先进的技术注入老鼠的受精卵中，受精卵发育成小鼠。因为他体内携带有水母的发光基因，所以也发出蓝蓝的荧光。由此推论，这一技术或许可以用来精确诊断癌症：把发光基因转移到癌细胞中去，使所有的癌细胞都能发出荧光，这样就可以准确判断癌瘤有多大，也可以发现转移到了哪里。坐在孩子们中间聚精会神听张老师讲故事的我，突然明白他为什么会写出《霹雳贝贝》这样的科幻小说。

人人都会遇到"静电"，这是一种在干燥和多风的日常天气中常见的现象：当人们晚上脱衣服睡觉时，当人们见面握手时，当人们早上起来梳头时，当人们拉门把手、开水龙头时发出"啪啪啪"的声响，这都是静电在起作用。可当张之路遇见"静电"时，则脑洞大开，写出了一部科幻小说——《霹雳贝贝》，这部小说经过改编之后还被搬上了银幕。小说中那个伸着两只小手的小男孩的样子至今还在我的记忆中。也是因为这部电影，一粒对科学充满好奇之心的种子埋在了我的心田。

中学时，老师说："科学的速度赶不

上科幻的脚步，但是科学是科幻的基础，科幻又是科学的展望。"这句话在我记忆中烙下了深刻的印象。很多年后，这一"理论"在很多方面似乎都得到了验证。这些曾经只出现在想象中的事物，比如，可以做家务的智能机器人，可以遥控的智能家居等，如今已经逐渐进入我们的日常生活。所以，科学的进步有时候是需要文学家们的大胆想象的，然后那些聪明的科学家们再将文学家们的想象按照科学的逻辑进行创造和实践，如果我们够幸运，等到这些想象变为现实时，那我们就不仅能读到有趣的科幻故事，而且还能感受高科技带来的便捷了。当我的思绪正在漫无边际地游荡时，又听到张老师和孩子们齐声念"科学"一词，这个词和"语言"一样，是张老师在每一个故事结束时都给予的明确的总结词。

当一个又一个故事结束时，张老师把整场讲座的中心思想强调了一遍，并再次带领孩子们念下一句"种子"话语："今天种下一粒文学的种子，明天收获一棵幸福的大树。"是的，文学是有魔力的。那些生活中的普遍现象，在文学家们的笔下变得那么精彩，又那么有活力。

陪同张老师进校园讲课，几天下来，让我深深感受到他语言和文字别具一格的魅力，在他的讲述中，每一个故事都十分有趣，一环接一环，环环紧扣，条理清楚，也许这是他曾经学物理所形成的思维习惯。

有逻辑的语言是张之路，对文字进行追究也是张之路。

闲谈中，得知他有一本叫作《汉字奇兵》的小说，书中有一个叫"雯"的女孩。张老师说："从汉字结构上看，犹如一个人戴着一顶帽子在行走。"我正想追问故事情节的时候，又被同桌的人打断，继而说到了张老师为汉字申冤的小故事，张老师说道："比如'无奸不商'原本应该是'无尖不商'，一字之差，如今意义完全不同。再比如'古来圣贤皆寂寞，惟有饮者留其名'中的'圣贤'的解释，有谁知道是'酒'的意思？"这些有趣的汉字小故事，让我们听得如醉如痴，时间也在不知不觉中流逝。天下没有不散的筵席，汉字的故事听不完，更讲不完。

如果说这是我见到的张之路，不如说这是我听到的张之路。短短五天的活动，张老师讲了很多富有想象力和哲理的故事，我也在这些故事中受益颇多，但收获更多的是从张老师身上看到、学到一种力量，一种思维方式。我想，这就是：语言的力量，科学的思维，正是这些成就了一位科普儿童文学作家。

张之路，作家、剧作家，现任中
国作协儿童文学委员会副主任。
中国电影家协会儿童电影委员会
会长。

看闲书

张之路

上中学的时候，我看过许多"闲书"。

所谓"闲书"，就是与学校教学考试"无关"的书籍。我家的走廊上堆着两个很大的柳条箱，那是爸爸的朋友寄存在这里的。好几年没有人动它，柳条都变黄了。我经常好奇地打量它们。终于有一天，我偷偷打开箱盖，惊喜地发现，那里面都是书，有许多英文的教科书，还有许多"闲书"。其中有北京的风物志和一些神怪小说，还有什么爱迪生、爱因斯坦传记之类的书——于是我每次拿出两本，看完了，再换两本——当时只觉得有趣，毫无功利的色彩，比如应付考试之类的目的。

我在上中学的时候对物理课发生兴趣，完全是从对科学家的事迹和生平的了解开始的，而不是对物理学本身的内容开始的。再后来才发现那里面有很多神奇而又有趣的东西。以我那时候的眼光来看，物理不但有缜密的逻辑思维，还有看得见摸得着的"形象"：一束阳光照射三棱镜，对面的白墙上居然出现了那样绚丽而明亮的七色彩带(光谱)；当老师用小锤子敲响了一个音叉，而另一个"毫不相干"的音叉又跟着嗡嗡作响……

大约是1978年，我在中学教物理。中央电视台的一个编导来找我，说让我在电视上给孩子们讲一些科学常识，我思考之后，提出了一个选题叫作《香烟灰的秘密》。

我把一块水果糖放在铁纱网上，然后用火柴去点燃它，水果糖"无动于衷"。这时，我点燃了一支香烟。就在学生惊讶我为什么在课堂上抽烟的时候，我把烟灰轻轻弹在水果糖上，再用火柴去点燃它，水果糖"兴奋"地燃烧起来……我慢慢地一字一句地说，香烟灰是糖燃烧的催化剂。

那是我生平第一次上电视，竟让许多人看到了。老同学问我是不是改教化学了，许多不认识我的朋友也以为我是个"资深"化学教师。说实在的，这个实验是我在一本"闲书"里看到的。只是因为它"形象"，我很快就记住了。我没有想到，它在这里派上了用场。

"闲书"的作用可不光如此，如果光是这样，我也没有必要说它了。"闲书"能把你突然带入一个你从来不知道的领域，这个领域的知识对你现在接触的领域又起着直接的或者潜移默化的作用。开阔眼界，扩大知识面等等也就尽在其中了。它不光对你的学习和工作起作用，对你的生活也一样在默默贡献着。

还有一件和"闲书"有关的"闲事"我也想说说。

我刚刚参加工作不久，每天中午吃完午饭，大家聚在办公室里聊天。因为不是所有的人都能轻易看上同一部电影，时间、金钱、机会都不容许。为了丰富文化生活，大家于是互通有无——把自己看的电影讲给别人听。因为我讲电影讲得绘声绘色，渐渐地，我讲电影成了大家午间休息的一个节目，临近办公室的人也端着饭碗来到我们屋。大家听得很高兴，我讲得也很兴奋……后来，当我从事写作的时候，回顾当年的情景，我感到，讲故事，尤其是给别人讲电影故事，对我的表达能力和写作能力是一个很重要的锻炼。

对于讲故事的人来说，"讲"电影不是介绍故事梗概，它需要你用口头的叙述和描写代替电影的画面和声音。为了使故事线索清楚，讲故事锻炼了我解构情节的能力。当年，有一个和我一起讲故事的朋友，就是因为他经常"前言不搭后语",所以说讲到最后自己也忘记说过什么,或者什么也没说。每到这个时候,他常常显得"手忙脚乱",把希望寄托在别人的身上,比如说上一句:你们明白了吧?大家便笑着回应:你不说我们还明白,你越说,我们越糊涂!于是在哄笑中,他从演员变成了听众。

讲电影除了线索清楚之外,它还必须吸引人。因此,对电影里一目了然的画面你必须用语言惟妙惟肖地表达出来,你必须对关键人物的对话有记忆、有描述和自己的再创造。所谓再创造不是歪曲原有的,而是根据你对电影中人物和故事的了解,用一种新的方式去表达出来。

课余的时候,看点"闲书",杂一点儿最好;也做点"闲事",自己当当"演员",别总跟着明星发出"啊"或者"哇塞"之类的感叹!

玫瑰与数字

　　1650年，斯德哥尔摩的街头，五十二岁的数学家笛卡尔邂逅了十八岁的瑞典公主克里斯蒂娜。后来，数学家和公主相爱了。不久，他们的恋情传到了国王的耳朵里，国王大怒，下令将笛卡尔处死，在克里斯蒂娜的苦苦哀求下，国王将笛卡尔流放到法国，而公主被国王软禁在宫中。回到法国后的笛卡尔日夜思念着公主，每天坚持给公主写信，盼望着公主的回音，然而这些信件都被国王拦截了下来。由于笛卡尔身体孱弱，加上天气寒冷和过度操劳，1650年初便患肺炎抱病不起，在他去世前写给公主的最后一封信上没有甜蜜的情话，只有一个让人摸不着头脑的方程式：r= α（1-sin θ）。国王读不懂这封信的内容，以为里面隐藏着不可告人的秘密，便立即把全城的数学家召集到皇宫，但是没人能解开这道方程式。国王不忍心看着女儿每天闷闷不乐，便把这封信给了她。拿到信的克里斯蒂娜欣喜若狂，她立即明白了恋人的意图，找来纸和笔，着手把方程图形画了出来，一颗心形图案出现在眼前。原来，这道看似匪夷所思的方程式其实是一个直角坐标系，解出的答案就是一个呈现在坐标系上的心形图案。克里斯蒂娜流下了感动的泪水。

国王去世后，克里斯蒂娜继承王位，她派人去法国寻找心上人的下落，但收到的却是笛卡尔去世的消息。据说，这封"心形图案"的情书至今仍静静地躺在笛卡尔纪念馆里，这封世界上最不像情书的情书，纪念着这段凄美的爱情……

> 玫瑰因为数字的永恒而没有凋落……
>
> 岛屿存在了数千年
>
> 一个衰落的贵族之家
>
> 像伊比利亚的维加
>
> 海平面悄悄地上升
>
> 几何体隐匿在水下
>
> 不安、敏感、生性孤僻
>
> 等待船只和旗帜

等待克里斯蒂娜女王

徒然把灵魂的激情奉献

——蔡天新《笛卡尔》

蔡天新是由青岛日报副刊编辑薛原老师引荐的。2015年8月5日的傍晚，我们在"明阅岛——二十四小时书店"为蔡天新举行了一场以"带着数字和玫瑰旅行的人"为主题的读者见面会，那算是我第一次正式见到蔡天新，之前只是在一本旅行杂志上见过蔡天新的照片。

那是诗人兰波的故乡沙勒维尔市中心的一家大书店的橱窗，橱窗前站着一位身着暗蓝色格子衬衣和深褐色外套的中年男人，古铜色的皮肤，高挺的鼻梁上架着一副银边眼镜，笑容中有几丝旅途的疲倦，身后五彩斑斓的童书陈列在明亮的玻璃橱窗内，一行排列整齐的白色的法语文字在玻璃上"跳舞"，只有作者的名字可以让人一眼认出——Cai Tianxin（蔡天新）。橱窗前的这个男人说要跟自己的诗句合影——我们活在这个世界上/像一梭子弹穿过暗夜的墙。

见到蔡天新本人，才真正理解了这句诗的含义。子弹，速度极快，穿过暗夜的墙，经历了无数次的探索与尝试，这种"飞奔向前"的劲头，像极了蔡天新的人生。蔡天新十五岁上大学，二十四岁获博士学位，三十一岁晋升为教授，三十三岁成为"东方之子"。至今，他去过一百多个国家和地区。他写异国情调的诗歌，写游记随笔，写数学专著，他用手中的相机记录旅行中的人和物，用独到的数论研究解读他眼中的风景。

他是诗人、作家、旅行家、摄影家，他还是一位大名鼎鼎的数学家。在《数之书》一书中，他定义了平方和完美数，并将它与古老的斐波那契孪生素数一一对应。他认为，哥德巴赫猜想还不够完美，在这一猜想的启发下，他定义了形素数，使哥德巴赫猜想更为简洁。随着他的随笔集及专著《数字与玫瑰》《数学与人类文明》《数论——从同余的观点出发》的相继出版，他的数论研究有了重大突破，这些学术价值也得到国内外数学界的广泛关注和认可。这些无论是从法国沙勒维尔市中心大书店的橱窗前的照片上观察，还是蔡天新站在你面前的直观感受，他就是这样一位有着清朗圆润的声音，有着彬彬有礼的气质，有着平易近人的笑容，有着温婉热情的诗韵，有着轻松愉快的脚步，有着最本真的数学思维和诗意语言的蔡天新。

他说："如果数字代表理性，玫瑰代表感性，那旅行则是一种生活态度。""很多次想逃离这座城市，因为浓重的市井味道。"他所谓的逃离即是旅行，他不是游子，他眷恋着故土，最长不超过一年便心满意足地回来。他说，不能享受普通生活的人是无法体会旅行与诗歌带来的激情的。他对自己数学家的身份"从一而终"，但是他又有玫瑰的浪漫，所以，他会写下像《诗人的心》这样的诗：

　　一片些微的亮光突然在乌云密布的天空出现

　　给湖水添加了一丝蓝色

　　诗人的心也理应如此

　　拨开忧愁的迷雾之后

　　在黑暗中打开一扇窗子

他有着对旅行的迷恋，便写下《旅行》：

　　当裙裾像马匹一样跃上蓝天

　　鞋跟轻捷犹如一双蹄子

　　围巾穿透云层

　　缠住大雁的颈项

　　远方的山峦起伏不定

　　风一般地涌动着

唯有一棵树呆呆地伫立

任凭一列火车朝它驶去

啊！谁的歌喉如此动听

她使云雀噤声，潜入鱼的世界

在深圳、杭州举办的个人摄影展上，有一张拍摄于巴黎地铁站的作品：一个乞丐一脸疲惫地坐在一个手上戴着戒指的美女广告下面。蔡天新对这幅作品有着独到的数学解读：这是两个完美的椭圆，乞丐蜷缩的身体和戒指构成了这样的完美。于是，他用手中的相机留住了完美的瞬间。

他说，数学跟文学一样，都是好奇心和想象力的产物，旅行又开阔了思路，提升了眼界。

虽然那次活动已经过去了很久，但是蔡天新用西班牙语朗诵的诗歌《回声》，依然久久回旋在耳边。当我写下这些文字的时候，蔡天新的新书《我的大学》也已出版。今年，恰逢他在大学第四十个年头，他说大学生活应是自我探索的过程，也因于此，从那之后，他便开启了"独具一格的人生之路"。

人生不会过时，就像蔡天新所写的书一样，不是一时的畅销，却是年复一年的常销，毕竟它们不会过时。

蔡天新，浙江大学教授、博士生导师，诗人，
随笔和游记作家。

那个叫胶东的地方

蔡天新

胶东指胶莱河以东的地方，此河因连接黄海胶州湾和渤海莱州湾得名。全长约一百三十公里，南北两段各自反向注入黄海和渤海。广义的胶东或胶东半岛也包括了此河流经的潍坊市昌邑和高密两县，实际上，胶莱河还是高密和平度两县的界河，大栏乡河岸上的胶河农场有着大片的高粱地。

现在我需提及胶东的三座名城，即青岛、烟台和威海了，每一座我都造访不下五次。但首先，我想说说古称潍县的潍坊。它是一座手工业城市，坊有作坊的含义。清乾隆年间便有"南苏州，北潍县"之说，如今仍是中国最大的风筝、木版年画产地和集散地。清代画家、"扬州八怪"之一的郑板桥曾担任过为时七年的潍县县令，正是在那里他写下"难得糊涂"的警句。

潍坊有两个县级市堪称历史文化名城，即青州和诸城。青州是古"九州"之一，又名益都，建于公元前2070年。相传，益是大禹治水的首席功臣，禹原定传位于益，后被启篡位，益便去著《山海经》了。北魏农学家、《齐民要术》作者贾思勰出生在青州，北宋政治家、《岳阳楼记》作者范仲淹曾任青州知州。

诸城古称密州，后因舜帝出生于城北的诸冯村得名。宋代大诗人苏轼首次出任知府便是在密州，画《清明上河图》的张择端和著名金石学家赵明诚均是诸城人，如此千古第一才女李清照便是诸城媳妇了。到了近现代，也是名人辈出，如清朝政治家、书法家刘墉，毛泽东最后一任夫人江青和曾任中共领导人的秀才康生。山大校友里，曾任中文系主任的作家王统照、毕业于中文系的诗人臧克家，也是诸城人。

再来说说烟台，起初她只是渔村，后来因抗倭需要，在此建立烽火台，那正是烟台的含义。再后来，因为港口的发现和发展变得热闹繁华。威海原是军事要塞，是距离日本和韩国最近的城市，也是北洋水师的发源地和甲午海战的发生地，近年成为旅游度假胜地。而我频频造访威海和烟台，是因威海有山大分校和濒海的学术交流中心，说起来这与时任山大校长的我的导师潘承洞院士的决策有关。

大三暑假，我乘火车第一次来到青岛，住在副班长孙志和家。他的父亲是副市长，我因此第一次住进了"豪宅"，木质的地板，宽大的客厅，与著名的栈桥近在咫尺。崂山行让我发现一座与泰山风格完全不同的山。泰山与帝王、圣人相伴，而崂山与道士为伍。

在青岛，我平生第一次看见蓝色的大海。除了迷人的海水浴场，还有异国风情的八大关。不过，最令我难忘的是一片月光下的海滩和在细沙上漫步，以及码头上长长的挥手和道别。那是在离开山东三年半以后，我乘海船从上海抵达。再后来，我又两次携家驱车来到青岛。还有一次是乘飞机，做客同宗的海洋大学、青岛大学和一家叫"明阅岛"的二十四小时书店。

换句话说，前四次我选择四种不同的交通工具——火车、轮船、汽车和飞机，而第五次我曾寻访母校旧址，如今属于海洋大学，其前身则是私立青岛大学。校内有闻一多故居，那一带叫小鱼山，临近汇泉湾。鱼山路三十三号是梁实秋故居，三十六号是生物学家童第周、物理学家束星北、冯沅君和陆侃如伉俪故居，后者紧邻高架桥。

在福山路、黄县路和观海二路，分别有作家洪深、沈从文、杨振声、老舍、王统照的旧居。此外，还有几位不在山大任教的作家，萧军、萧红和舒群故居在观象一路，而《铁道游击队》的作者刘知侠故居在金口二路。以及三位海洋学家朱树屏、赫崇本和毛汉礼的故居，他们都是留洋博士，最后一位还是诸暨人、浙大史地系毕业生。

离从文故居不远的福山支路有清末政治家、思想家、戊戌变法领袖康有为的府邸，他在此度过了生命的最后四年。1923年，六十五岁的康有为退出江湖，在青岛购房隐居，他在崂山刻石留下许多诗篇。起初康有为有意创办大学，但被剑桥毕业、曾任民国教育总长的蓬莱人高恩洪抢了先，后者于1924年牵头创办了私立青岛大学。

同样活了六十九岁的还有老校长华岗，他的故居在龙口路。华岗是浙江龙游人，念中学时便参加革命，二十三岁任共青团浙江省委书记，二十六岁出席莫斯科中共六大。翌年他翻译出版《共产党宣言》，是中国出版的第二个全译本，结尾首次准确译出"全世界无产阶级联合起来！"

据说，华岗是乘船由港赴京途经青岛时，因病被挽留下来，担任（新中国成立后首任）山大校长的，他在任上创办了《文史哲》杂志并首任社长。1955年，华岗受所谓"胡风反革命集团"案株连被捕，十七年以后死于济南山东省监狱。

华校长的悲剧令人唏嘘，他的前任赵太侔同样命运多舛。赵太侔是青州人，北大英文系毕业后，赴美国哥伦比亚大学攻读戏剧。回国后他先在北平教书，不久回到山东，先后任济南第一中学校长，济南实验剧院院长，培养了陶金、崔嵬等一批著名导演和演员。江青（时名李云鹤）也是这个剧院的学员。

三四十年代，赵太侔曾两度出任国立山东大学校长，网罗了一批知名教授。他的第二任夫人俞珊比他小近二十岁，出身绍兴名门，是当年红极一时的话剧明星，因在上海主演爱尔兰作家王尔德的《莎乐美》成名。1968年4月24日，赵校长的遗体在栈桥附近水域被发现，死因不明。他的故居在龙江路，女儿赵实现任职中国文联，名字朴素，地位（正部）却高于老父。

意外的事还在后头，那次我在小鱼山参观时，巧遇另一位悲剧人物——物理学家束星北的长子、八十多岁的束越新教授，他是颜色光学专家，海洋大学教授，山东省和全国纺织系统劳模。束教授出生在杭州，他的父亲当时在浙江大学任教，抗战时期全家随校西迁贵州。

听说我来自浙大，束教授便邀我进了家门。在我的央求之下，他向我讲述了父亲最得意的弟子李政道教授的一则轶事。当年束老在西迁贵州的浙大爱喝白酒，一次他买了一只鸡，独自在家小酌，刚巧李政道来访，便分给他一条腿吃。一旁的小束眼馋，眼睁睁地看着那只鸡被师徒俩吃进肚皮。

电视屏幕上又出现了倪萍，她已经很久没有出现在公众面前了。五岁的小外甥女问我："姨妈，这个手捧鲜花的奶奶是谁啊？"奶奶？我浑身一颤，是啊，倪萍也已经是年近花甲之人，她和我的父母同龄。可她是那么美丽、优雅的女人，是很多男性的梦中情人，怎么可以老呢？

她把鲜花送给了董卿——朗读者节目的"当家人"。董卿接过鲜花，激动地说，"谢谢姐姐。您曾经是我的梦想。"是啊，那些年，倪萍是属于这个舞台的。从每周六晚播出的综艺大观，到年三十全国人民翘首以盼的春节联欢晚会，再到香港回归等重大文艺演出，舞台上总会出现端庄大方、亲切睿智的倪萍，她是舞台上的一抹亮色，是电视机前观众们期待的主持人，是亲戚朋友和父老乡亲们的骄傲。所以，当她多年后再次出现在银幕上时，我眼含热泪、激动万分的神情让身边的小孩摸不着头脑，"姨妈，你为什么哭了？"

看着眼前这张稚嫩白净的小脸，我想，有一天，或许在你的心目中也会有那么一位在你成长过程中特别的人吧。倪萍，对我而言，就是那个人。

2012年，接到倪萍携新书《倪萍画日子》来青签售的活动消息后，我搜集了很多倪萍的个人资料，当然，大都来自网络，有真有假，但是"活生生"的倪萍工作照片总不会是假的吧。看到她的照片，我惊呆了，是被倪萍的美惊呆了，以前，我竟从没觉得她这么美过。一张张亲切的面庞从电脑上闪过，宽额头尖下巴，高鼻梁大眼睛，笑起来整齐洁白的牙齿，高高的个子，长长的脖子，笑容中没有丝毫做作，即便是用来做宣传的艺术照，她的笑容也是那么真实、灿烂，像冬天日光下晾晒的被子，散发出阳光的味道，让人心里暖暖的。

机场见到她时，才感觉她较之前胖了些。在车上，倪萍很健谈，话语中有一贯的倪式风格，字字入耳，直往心窝窝里钻。"倪老师，您讲话真好听，怎么没有一点儿'大腕'气呢？让我们这些普通人都觉得自己不普通。""谁不普通？人一生下来就是个普通人，一个鼻子两个眼，你见谁一天吃八顿饭？不都是三顿饭嘛！"我频频点头。倪萍说："这是姥姥的话。"说完，她笑了起来。

还记得，舞台上，倪萍朗读《姥姥语录》：

> 姥姥说："天黑了就是遇上挡不住的大难了，你就得认命。认命不是撂下（放弃），是咬着牙挺着，挺到天亮。天亮就是给你希望了，你就赶紧起来去往前走，有多大的劲儿往前走多远，老天会帮你。别在黑夜里耗着，把神儿都耗尽了，天亮就没劲儿了。孩子，你记着，好事来了她预先还打个招呼，不好的事咣当一下就砸你头上了，从来不会提前通知你！能人越砸越结实，不能的人一下子就被砸倒了。"
>
> ……
>
> "你要是救不了孩子，谁也救不了。姥知道，就你行！"

讲台上，倪萍用姥姥的话启迪学生们："念书的人不管长得么样，你仔细看都长得好看。书念得越多，人长得越俊。没念过书的人眼神是傻的。"

媒体采访时，倪萍还用姥姥的话："有苦也不是坏

事，苦多了甜就比出来了。你吃一块儿桃酥试试，又甜又香，你再吃一斤试试？你那嘴呀，就想找块咸菜往嘴里塞。孩子，别怕苦，苦它兄弟就叫甜哪！"

2011年，《姥姥语录》出版，这本书是倪萍用二十几天写完的，当中写尽了五十年的风雨岁月中至真、至纯的守望。盛夏的北京，天热，心热，身体也热，汗水流尽了，写了一个"湿漉漉"的倪萍。2012年，《倪萍画日子》出版，这是倪萍用画笔来表达内心情感的一本书，每一幅画看似简易，但对倪萍来说却寓意深远，她将岁月、日子和水墨画融合在一起，以图文并茂的形式讲述了生命的过程和生活的道理，充满了人生哲理。倪萍的画里，都是她生活的影子。

记得她跟我讲起她的创作经历，在她的书中，有一幅公鸡的画作，在这只公鸡的周围，围着一群小鸡，公鸡像家长似的保护着这群小鸡。倪萍说，这幅画的灵感来自一次打车的经历。有一次，倪萍在北京打车时，恰逢腊八节，司机师傅说收工后要去大哥家喝八宝粥。师傅说，他父亲早逝，大哥和母亲把他们兄妹七个拉扯大，但分房子的时候大哥却选了最小的，大哥说住大房子觉得冷清，可是，大家都知道，大哥是心疼弟弟妹妹，所以宁愿委屈自己。下车后，倪萍回家就画了这幅画。她说："谁不想住大房子啊，比起那些为了争夺房子而头破血流的兄弟姊妹，这个出租车师傅家的故事让人心里温暖许多。日子就像熬一碗八宝粥，小火，慢熬，米、豆、枣、仁放入锅中，食材都有各自的味道，煮熟了，味道却都融合在一起，一样都不能缺。但就是这常见的味儿，让我时常想把它画下来。"

倪萍没有学过画画，也没有老师指点过她，虽画不成齐白石、张大千那样，但她喜欢。四五岁的时候她就会用树枝在姥姥家的院子里画小鸟，在黢黑的灶台上画大公鸡。中学时，她会临摹那些工农兵肖像，画得和外面贴的宣传画一模一样。以前在青岛齐东路19号院住的时候，院子里天然的环境也对她以后的创作有所启发。院里有一棵巨大的玉兰树，春天花开的时候，远远望去就像一团白云。院里还有两棵丁香树，一棵白的、一棵紫的，夜晚开窗睡觉时会闻到淡淡的香气，冬天则有一棵耐冬凛寒盛开，绿色的叶子映衬着火红的花朵，这些都是"倪萍的日子"。

其实，对于倪萍来说，无论是当演员，还是当主持人；无论是写作，还是画画，看似不相关的事物，其实都有内在联系。有人说，她比以前幽默了，讲话更有趣了，她却说，"我只是做什么菜用什么佐料而已。"以前她主持晚会，雍容大方，辞藻华丽，如今她穿着舒适、宽松的衣服，买菜、发胖、衰老这样的词语竟也从她的嘴里轻松地说出。其实，无论是曾经放下话筒，还是如今拿起画笔，倪萍认为那些对她而言都只是一种形式，就像她说的，"艺术总是这样，殊途同归。"

日子就在倪萍的笔下写着、画着，写出了想念，画出了乐趣，读出了感动。她说，如果有下辈子，她会选择写书、画画，只不过，一定要在这两份职业前加上"业余"。凡是业余的事，都可以做到最好，因为喜欢。

倪萍，主持人、演员、作家，毕业于山东艺术学院。曾主持《综艺大观》《聊天》等栏目及中央电视台春节联欢晚会等数百台大型文艺晚会，蝉联第一、二、三届"金话筒"奖，获得第六届、第十届电视文艺"星光奖"主持人等奖项。

　　女作家张翎曾说："歌苓一出现，你准会马上发现她。她永远是人群里最出挑的那一个。"一袭及膝白色连衣裙，细细的高跟鞋，笔直的腰板，淡淡的妆容，她一出现，只要是读过她作品或是看过她作品改编的电影、电视剧的人，都会立刻联想到她笔下那些女人们，而她，远比她们更优雅。

　　电影《芳华》马上就要上映了。这部电影是严歌苓应导演冯小刚之约创作的。冯小刚说，他一直想找一个合适的作者写一写文工团的女孩儿们。

　　夏天，女孩儿们排练完去洗澡。她们外头罩着军装，湿着头发，拿着脸盆，底下穿着蓝色的裙子，特别漂亮。当女孩儿们走过来的时候，整个空气都香了。

发自内心，才能写好。这种对人物描写的"细致入微"的感觉只能请有文工团生活经历的作家来写，否则那些沁入人物骨子里的细节就没有了。严歌苓原来在原成都军区后勤部的文工团工作生活过，她和这些文工团的女孩儿们在一起吃，在一起练功，朝夕相处，这段经历让她回忆起来，每一个人物，每一段情景就像昨天刚发生一样，于是小说《芳华》是她最贴近自己、最贴近亲身经历的一部小说。后来，严歌苓把小说改编成了剧本，大家也就看到了银幕上的何小萍、萧穗子、林丁丁、刘峰……

眼前的严歌苓，如果仅仅用高雅、知性、美丽这样的词汇形容还远远不够，因为她的身上有一股飒爽英姿的天真和坚韧。

对于严歌苓，我有一种喜欢她的作品喜欢到骨髓里的感觉。我从二十二岁开始阅读文学作品，阅读的第一本便是她写的《一个女人的史诗》，其实之前她已经出版过很多的书，而且已经很有名气了。她一直都是高产作家，每年总有一到两部作品能获得各类奖项。读过《一个女人的史诗》之后，我便开始一本接一本地追着阅读，她的作品既严肃又通俗。我从未想过有一天能够见到她，我只是纯粹地喜欢这个女人笔下的女人们，与任何人无关。

可是当我真的见到她，又站在她的身边时，一股熟悉感油然而生。她一本接一本地为读者签字，满足每个合影要求，有的读者带来了她的全部作品，她也不厌其烦地在每本书上签名。站在一旁的我看着她不停地签名，白皙的手上沾染了点点墨水，指尖微微泛红，不禁心疼起她来。

一个弱小的女子，却如此的坚韧，是如何做到的？我悄悄地问她。"坚韧是女性最宝贵的美德。"她笑着回答。

我告诉她："歌苓姐姐，《非洲手记》我以前在新京报上读到过。"

她说："那是2004年至2007年，我随夫到尼日利亚生活时记录的所思所想，以前在新京报上连载过，不过这一本里增加了很多新的篇目。"

我喜欢书中夹叙夹议、诙谐幽默、见解精深又满含关切的语言，这是有别于她其他作品的一部。比如，其中的"种豆得豆"一篇，就将在尼日利亚居住的日常——从雇用清洁工，到在后院实施垦荒计划，再到化肥毁了菜园子，以致唯有扁豆仍青绿——描写得很有趣：

　　我们的晚餐桌子上开始出现了扁豆。不仅我们的餐桌，邻居的餐桌也有这道中国菜了。扁豆的生命力怎么这样强呢？爬到了架子的顶端，无处再爬，就把带着微紫小花的枝蔓指到天上去了。最早的豆荚已炸裂，豆种已自择落脚之地，第二代的苗儿已生长出来，东一株西一株，长得散漫自由，很有非洲气派。其实我很少去后院了，不愿看一块伤疤似的。但扁豆和野草一样皮实，对我的疏忽毫不在乎，浓绿的枝蔓漫卷一片，顶着花蕾向高处，又缀着果实卷下来。往往被人太在乎的东西，倒是难得存活。

还有那篇"戒荤"，记录了日常生活中的心灵感悟：

　　到了尼日利亚，我的素食主义坚持了两个月，实在不得不开戒。尼日利亚没有豆制品，没有蘑菇，总之是我"食之以当肉"的东西统统买不到。皈依洋食，我又吃不来起司。每天上午写作，下午健身，不久就身心两枯。并且来瑞是个肉食动物，我不能顺便也把他的荤给戒了，加上我常开家宴，不吃肉而每天大肆烹肉，这都对我的戒荤初衷是莫大嘲讽。于是想通了：坦诚的恶要比虚假的善好些。在美国时，有时会碰到一群动物保护者，见到穿"千金裘"的女人，她们弄不好会上去动剪刀。有一次我问她们："你们穿的皮鞋是谁的皮做的？"我的意思是：貂皮、狐皮是皮，牛皮、羊皮也是皮，不要在动物里搞种族歧视。一种原则若不能贯彻始终，那就别费事贯彻了，这是我戒荤失败时找不到的自我平衡方法。

诸如此类文字，在《非洲手记》中随处可见。严歌苓将自己在尼日利亚的见闻和当地风土人情、人的精神面貌描写得栩栩如生；又将尼日利亚、美国、上海的生活像拼拼图一样，一块一块地连接起来，有追忆，有怀旧，有文化冲突，也有大融合。惟妙惟肖的语言就这样出现在这个"洋派"女作家的笔下。

她的语言有着严歌苓式的独特风格，这种风格有别于王安忆的海派，更不同于莫言的乡土气息。这可能与她长时间在海外的生活经历有关吧。她可以用英文自如地写作，让美国人喜欢；也可以用中文流畅而深刻地讲述近一百年的故事。她说，她们那一代人在物质上是匮乏的，唯有故事是丰富的。于是，她的笔下诞生了各种各样的中国女性，你总能从她的作品中找到自己熟悉的女性样子。

随外交官丈夫的非洲生活，让她经历了深刻的灵魂洗礼和思想补给。《非洲手记》并不是她最著名的作品，很多读者甚至没有读过它。比起一部部已经被搬上银幕的作品，如《一个女人的史诗》《小姨多鹤》《危险关系》《第九个寡妇》《金陵十三钗》《陆犯焉识》《少女小渔》《芳华》……，《非洲手记》显得有点"平凡"。严歌苓却说："非洲是一个给了我大量时间和空间的地方，这个地方不断提醒我要关注很多已经过去或者正在进行的苦难。在那里，我自然而然地想起了很多以前一直想写、但是又没有时间来思考的小说。也就是在这个时候，诞生了另外一些题材的小说，比如《小姨多鹤》。"

而我见到严歌苓本人，也是因为这一本《非洲手记》。为了准备这次签售活动，我阅读了大量有关她的采访报道，生怕怠慢了这位在华语世界享有极高声誉的作家。和她接触后，我发现那些担心是多余的。酒店里，面对一摞一摞要签名的图书，她执笔端坐，在每一本书上清清楚楚地写下"严歌苓"。面对现场热情的读者，她说，她只不过是从一个读书人到一个写书人，生活的乐趣就是读和写……

严歌苓，美籍华人作家、好莱坞专业编剧。多以中、英双语创作小说，常被翻译成法、荷、西、日等多国文字。其作品无论是对于东、西方文化魅力的独特阐释，还是对社会底层人物、边缘人物的关怀以及对历史的重新评价，都折射出复杂的人性、哲思和批判意识。

毕业后的第一份工作是在学校当老师，听惯了某某老师的称呼，自然在学校的氛围中也会脱口而出称呼其他人为老师，幸好到书店工作后，所见之人大部分都是"文化人"，称为老师总是不会错的。一来解决了称呼上的模糊，不必考虑职称、官位等烦琐的头衔，二来也是对其真心敬佩。老师一词加之姓氏之后，再自然不过了。但称宋文京为老师，则是有几分师徒之意。

2012年3月，我正准备参加全国性的图书行业业务技能比赛，从开始在书店工作的那天算起，那时的我也只不过是拥有六个月工作经历的菜鸟，因为从大学养成了爱读书的习惯，又因为站了四年讲台，所以对图书的理解和表达自是驾轻就熟。在众多比赛项目中，我便选择了图书推荐，这是一项跟阅读、语言技巧和消费心理有关的比赛，选手需要在五分钟内将现场抽到的图书用能够打动评委、引起评委阅读兴趣、温和舒服的语言介绍出来，虽然看似只是简单推荐一本书，但是当中却考验着选手的阅读量和对图书作者的熟悉度，当然最好还要加一点儿自己的阅读感受。我便按照自己对书的理解精心准备着，就这样经过一轮又一轮的选拔，我成为代表青岛市新华书店到省城济南参加比赛的选手。领导们对这次比赛很重视，赛前邀请了众多岛城文化名人、学者和书画家做指导，还特别请来了书画家宋文京先生来指导我，就这样宋文京成了我的老师。

初见宋老师，他身穿一件咖啡色唐装，做出双手合十的动作，浅浅的一鞠躬，紧接着就是一句"萨瓦迪卡"（泰语你好），轻松调皮。我稍稍一愣，也学着宋老师的样子，回复了一句"萨瓦迪卡"，在场的领导和同事们都笑了起来。宋老师是书店的老朋友，几年前，儿童绘本刚刚进入书店的时候，宋老师就给书店的员工上过第一堂如何认识绘本、欣赏绘本的课。"宋老师，您好，这是我们要参加比赛的新同事，一个很优秀的孩子。"老领导指着我向宋老师介绍。宋老师很正式地跟我握了握手，"没问题的，看样子就知道是个很有灵性的姑娘，好好准备，一定能够取得好成绩。"宋老师说。

就这样，从第一次见面至今，一晃七年过去了，我跟宋老师和他的夫人，以及他们的双胞胎女儿都成了朋友。

宋老师喜爱读书、写字、写文章，是岛城的文化名人。2017年元旦见到宋老师时，他说："去年一年我读的书跟张瑞敏一样多。"（张瑞敏是"海尔"的掌门人，是一名酷爱读书的企业家，据说在繁忙工作之余，一年能够阅读二百多本图书。）

其实，宋老师的大阅读量我是早有耳闻，也早有所见。所谓耳闻，是宋夫人常常"骄傲地抱怨"着宋老师在家里只知道读书，从饮食起居到外出讲座等都离不开宋夫人的照顾和陪伴。宋老师不会开车，他若外出讲座，宋夫人都会开车接送。宋老师的讲座现场，宋夫人永远都会默默地坐在最后一排聆听，讲座结束，宋夫人会轻轻地为宋老师把皱了的衣服整理平正，将宋老师的头发理顺一下，有时候会再为宋老师系上红色的围巾，这样，宋老师就可以"美美地"跟读者合影留念了。看着他们自然温暖的举动，我不禁想起钱钟书与杨绛的爱情，从"众里寻他千百度"的相识，到"愿得一心人，白头不相离"的相爱，再到"执子之手，与子偕老"的相守，是两位相爱的人心有灵犀的默契、鼓励和坚守，这样的爱是何等的深刻、可贵呢！

宋老师的阅读十分广泛，这一点早在他指导我参加比赛时就让我深深地感受到了。每一个话题每一本书，在他嘴里都是妙语连珠，有趣之极。他借用北岛的诗句"卑鄙是卑鄙者的通行证，高尚是高尚者的墓志铭"，借用冯唐的诗句"春风十里不如你"……那种俏皮让我想起初见宋老师时，他说那句"萨瓦迪卡"时的情景。我也算得宋老师真传，在省里的比赛中取得佳绩，细想大概是因为我的"妙语连珠"吧。比赛结束后的很多年中，偶尔听领导们提起，说当年的评委们还清晰记得我——一个小小的普通的参赛者。

2014年，宋老师出版了一本新书——《一字之徒》。书中选取了生活中的常用汉字，从汉字源流和文化背景中追根溯源，他说这不是一本关于汉字的学术书，也不想在书中对训诂音韵方面有过多的探究，只是借一字说话，引读者的联想，聊汉字的家常。随着"全球化"的到来，汉语汉字也被互联网和流行时尚裹挟，比如"囧""雷""神马""奇葩""童鞋""尼玛"等大量字词早已离开了本义，出现了完全不沾边的引申义，而"高大上""十动然拒""不明觉厉"等缩略语或"成语"也让人笑叹，新词的寿命也许只有几个月。亦有"不折腾"的直接音译进入牛津词典等新鲜事。日常语言和网络语言的粗鄙化、颓废化确是显而易见和令人忧心的，毕竟汉语和汉字本是有大美的。

宋老师在几十年的书法练习中，翻翻捡捡的资料多是与汉字有关，也曾对彝文、水书、藏语、纳西族所使用的东巴文乃至女书感兴趣，日常的异地出行也多是为了写生和访碑。他记得的字形、书体渐渐多起来，以至于可以双勾倒写，而且可以倒写如流，逐步地体悟了汉字的许多"褶皱"和"里子"。宋老师常说，汉字文化妙不可言，他把这些经验和体会在一张张书法习稿中运用、练习，形成了"宋氏风格"的书体。

2011年3月，宋老师在《深圳商报》上开设了"一个字"专栏，用千把字为一个字追本溯源，一年、两年，转眼几百几千个汉字"纠集"成了这本小书——《一字之徒》。宋老师在书中还特意为每个要讲的汉字分别用真、草、隶、篆、行书五体书写，放于每篇前以作参照。多年体悟于开眼之处，必敬之，正如拉罗什福科说："人们所由诞生的故国的声音不仅居于语言之中，也居于心灵和精神之中。"《一字之徒》正是从对汉字的敬畏出发，敬惜字纸，在字与纸之间交织出知识、历史、文化、文明，礼义廉耻、温良恭俭……字字可敬，字字生发教化之功，传播汉字之美。

读了这本书，方知宋老师的双胞胎女儿，寒儿和露儿名字的由来。宋老师说："唐诗中有'打起黄莺儿，莫教枝上啼，啼时惊妾梦，不得到辽西'。李清照词中有'守着窗儿，独自怎生得黑？梧桐更兼细雨，到黄昏，点点滴滴。这次第，怎一个愁字了得！'。'儿'字用于人名，有一种俏皮、可爱的感觉，如婉儿、玉儿、平儿、唐赛儿等，而且用作女孩儿的名字格外好听，我的两个女儿生于寒露，名之寒儿、露儿，天生佳名。"后来与她俩相识，果真人如其名，寒儿和露儿既遗传了父亲的好学大气，又遗传了母亲的温婉细致，天公赐美，好一个美美满满的家庭，好一桩桩美事、美谈、美人儿。

回顾过去的七年，宋老师也是见证我成长的师长之一。从"人文苑"中宋文京赏读《无忧愁河的浪荡汉子》《黄永玉画集》；到"城市课堂"中宋文京分享"翻过去的是日历，留下来的是记忆"的"文京阅读"；再到宋文京用"有趣的汉字故事"开张的"汇泉讲堂"。我们丰富的文化活动记录了宋老师的一部分忙碌，他依然还是不停地读书、写字、讲课、采风……，只是越发神采奕奕。吃饭闲聊间，他说："走进书店，让心宁静下来，思想澎湃起来。海'哲'书店，被思想'哲'了一下。"。这就是我们书店的老朋友宋文京，思想的火花随手拈来，声音永远都是那么的调皮清脆。

宋文京，中国书法家协会会员，山东省书协理事兼学术委员会副主任，青岛市书协副主席兼学术委员会主任，青岛市文艺评论家协会副主席，青岛画院专职书画家。

藏而不藏，舍而不舍

宋文京

从1979年收藏属于我的第一本书《红与黑》开始，我像一个贪官聚敛钱财似的，藏书呈几何级增长的趋势，现在我的藏书已有三四万册，我老婆总是担心我家的楼板会不会被书压塌，后来还真请了建工学院的专家看，专家说只要放在墙边，尚且无妨。

我的藏书中，艺术类的书最多，其中不少为大型书画画册，另外，文史哲、宗教、财经、科学类的书也各占很大比例。二十多年，一路走来，一路藏着读着，书真跟伴侣一样，我们彼此熟悉对方的一切，而且不离不弃，什么时候翻阅，书总是笑脸相迎。每本书似乎都有着一个故事，这些故事已经嵌入我的生命之中。每每坐在书房和工作室中，久久不愿起身。有时哪怕不读一本书，心中都觉得充实。

我的藏书十分博杂，从军事到中医，从服饰到陶瓷，从饮食到性学，都有不少。我喜欢那种八竿子打不着，一脚天上一脚地下的自由感觉。我买书的自由性、随意性很强，基本上是随心情而定。有一年路过北京去大连出差，在东单见到谭其骧先生编的《中国历史地图集》，八大本，惊喜，也不管"千里不捎书"的古训了，愣是由北京带到大连又带回青岛，但却是得宝而归的自在。

藏书如同冷战时期苏美两国的核军备竞赛，并不真的要用要打，而是给自己安全感，给别人威慑感，同时也像囤积居奇的不法商人和地主老财一样，有一种人无我有的快感。

虽然坐拥书城，但极少拥书自重，当别人介绍我是藏书家时，我只说自己是读书人。因为从来没有把藏书当作目的，心下还真是觉得藏书并无多少难度和技巧可言，难的是读书用书之境界的达到。

也不喜欢说因为买书而节衣缩食，因为也没有那么做过。窃以为不可过于癖于此，自认为自己不是恋物癖，只是微有一点偏执而已，藏书须在理性的基础之上，而不是扭曲自己或无视生计。尝见一朋友有一藏书印，曰"甘为书奴"，大不以为然，这一辈子不愿意为奴，哪怕再爱那个人那件物件，也不愿异化。我的一方藏书印为"文京眼福"，看见即为财富，读的过程、转化的过程就已经很充实了。

所以，如今我进入了"减法"的阶段，不仅向社区、学校、企业捐了一些书，也常常赠人以书，捐书、赠书的目的多是为了让朋友和适合读这类书的人共享知识，但有时也没那么高尚，仅仅是因为买重复了和为新书腾地方，但赠人玫瑰，手有余香，送人书的感觉特别好，其实给别人东西时自己已经获得了回报，这种回报就是一种适得其所的安然感，因此我特别同意一个观点：钱只有花的时候才是自己的。有些书对于他人更有用更珍惜，其实是延长了它的价值和意义。送人书的时候，也像石开先生讲的那样，是嫁女心情，既怕年龄大了嫁不出去，又担心到了婆家受人气，因此分外矛盾忐忑。

当然，舍不得送人的书毕竟是多数，还得指着它们养老，但我的遗嘱已经想好，死后藏书全部捐给公共图书馆。赵朴初居士遗嘱中有两句"生固欣然，死亦无憾。明月清风，不劳寻觅。"对于藏书，我也是藏固欣然，散亦无憾。

对自己所藏图书做到有限爱惜，即不刻意、过分呵护。例如，不会像有些书人那样同时买两本，一本置于架上，一本用于阅读，那样颇有点"等我有钱了，买两碗豆浆，喝一碗，倒一碗"的意思。也不会像孙犁先生那样，给每本藏书都包一个牛皮纸封皮，再写上书名，那样就像将媳妇娶回家，却在洞房里也老穿着外套，不肯裸裎相对。当然，同样不会像王小波一样在"文革"时由于无书可读，得一本书，转来转去，将书生生地看没了，看化了，那样无异于吃东西最后将盘子一起吃掉了。

对书，我爱眼前的这本书，即只要买回家，都珍视它，但过寻常的日子，也不会将其奉如神明，或仅仅形式上的相敬如宾。而是当它是可以适当冒犯的朋友，在其身上可以打打闹闹，写写画画什么的，只有那样，我觉得才是真正读进去，所以我的书，无论精美的画册，还是精装的典籍，我都会在上面批注和划线，如果我认为必要的话。

虽然在书上批划，但却不是污染书籍，而是尽可能尊重书。书中的批注已经让我的生命和书的生命粘连在一起了，想想就颇为充实。

"用舍由时，行藏在我，袖手何妨闲处看。"这是苏东坡的名句。对于藏书、用书和读书，这也是一种境界。

　　宁远和茉莉是我在2017年上半年和下半年分别认识的朋友，但是她俩却有着近乎相同的生活态度。

　　2017年，我第一次到独立书店参加签售会，就是为宁远而来。事实上，在参加签售会之前，我并不知道宁远是谁，从知道到见面，仅仅五天的时间，我感觉人生开始变得不一样。

　　第一天，星期三

　　这是一个星期三的早晨，我像往常一样起床后打开广播，一边刷牙、洗脸，一边听一些有趣的文章。"有本事文艺一辈子——作者宁远"，广播里传出主持人优美的朗读声。"宁远"？我迅速想到"宁静致远"一词，眼前浮现出一位身穿白色棉麻长裙的女子，双手轻握一枝花，走在落满树叶的树林中，宛然回眸一笑，有着那份女子独有的淡雅、宁静，深邃的目光悠远美丽。恍惚间，又觉得文章的名字虽然让人有所触动，但总有一种"标题党"的感觉。过多的心灵鸡汤充斥着这个浮躁的时代，作为30+的女性，对鸡汤早已有了免疫力。有了这样的想法，鸡汤也变得"五味俱全"，什么酸鸡汤、苦鸡汤、毒鸡汤通常被我一一标签化。

第二天，星期四

收到朋友发来的一条文化活动的预告，仔细一看，上面写着：周五，宁远新书《有本事文艺一辈子》签售会。我不禁想到，昨天广播中听到的名字，不正是宁远吗？只是海报上的宁远跟我想的有点儿不一样，短头发，身穿一条蓝色棉麻长裙，还好，衣服的材质跟我想的一样。我把昨天广播中听到的宁远讲给朋友听，而且还发表了主观的判断。朋友说，"有时间去看看吧，她不是'普通鸡汤'的生产者，而是一位很努力的女子。"听到朋友对她的评价，我对宁远充满了好奇。

第三天，星期五

决定去看这位女子之前，我先跑到书店买了她的新书——《有本事文艺一辈子》。翻开书的扉页，关于作者是这样介绍的：宁远，著名畅销书作家，生活美学家，远远的阳光房创始人，文艺联盟核心成员之一，她所倡导的生活方式，受到越来越多的人的推崇和向往。

第四天，星期六

周六，我捧着《有本事文艺一辈子》躺在沙发上认真地阅读，透过文字我看到了一位安静的女子，透过工作我看到了一位努力的女人，透过孩子我看到了一位温和的妈妈，透过故事我看到一位有本事文艺一辈子的女性。这些都让我越来越期待明天与她的见面。

第五天，星期天

没有及腰的长发飘飘，但肩颈之上的短发愈发显出她成熟、知性的魅力。衣着的搭配也是简单舒适，虽不是什么世界名牌，却是出自"远远的阳光房"，从设计到布料选择，从印染到剪裁都是出自这位曾经的大学老师，曾经的电视人，曾经获得"金话筒"奖的主持人——宁远。如今的宁远是原创品牌"远远的阳光房"的掌门人，是写下《把时间浪费在美好的事物上》《按照你喜欢的方式生活》《有本事文艺一辈子》等文字的一个普通的妻子、妈妈和女儿。

　　宁远说，无论是工作还是生活，都是不停地寻找平衡的过程，而真正的平衡之于我就是让自己的心态平和。年轻的时候在意别人对自己的评价，随着年龄的增长才渐渐明白，让自己"舒服"其实更重要。现在的我没有高跟鞋，没有S型的衣服，没有浓妆艳抹，有的是跟小时候的玩伴聚在一起做真正热爱的事情，我们做衣服，也卖衣服，闲时种花、画画、读书、写作，在一轮又一轮的春夏秋冬中过着田园牧歌般的生活。

　　2018年似乎是宁远的幸运年，在这一年，她新添了一个宝宝，同样是在这一年，茉莉出版了她的第二本新书——《亲爱的生活》。她们都是不会在岁月的脚步中少一分美，不会在生活的手印里少一毫坚定，爱之所爱，行之所行，听从内心的真实的女子。

　　如果说宁远是沉静的蓝，那么茉莉就是火热的红。"来，我给你和苏晨拍张合影吧。"与苏晨姐认识很久了，却从没一起拍过照片，如果不是得幸于一袭棉麻红衣、手捧单反相机的茉莉，估计我俩还不会有合影的机会。沿着海边，茉莉摆弄着手中小小的单反相机，拍拍风景，拍拍路人，还时不时地把相机塞到三儿（茉莉的丈夫）的手中，摆出自然惬意的姿势美美地上镜。以大海做背景，海鸥为装饰，茉莉身着亲手设计制作的衣服如一朵盛开的火红色玫瑰在风中绽放。

　　茉莉写的第一本书叫作《绽放》，认识茉莉也是因为

《绽放》在青岛的读者见面会，现场我还见到了《绽放》的读者们，或许称他们"绽友"更合适，她们穿着"绽放"牌的衣服，当然是茉莉设计的。茉莉曾说，她从没想过自己可以影响这么多人，最初她只想做自己。从不甘平凡的银行职员到自学设计；从放弃现在的生活追逐梦想到旅途中结识三儿；从跟三儿浪迹天涯到在陌生的城市安家生娃……她追求过，迷茫过，努力过，徘徊过，但最终她明白：她的人生，只有一个目标，那就是爱。

看着茉莉和绽友们穿着"绽放"，相互分享着她们穿梭于世界各地原汁原味的趣闻，她们的脸上绽放出自信的笑容。

茉莉拿出了旅行中的照片，照片中的小宝宝白皙、可爱，她说，或许因为偶然间看到的宝宝，她才有了设计"绽放"宝宝装的念头，于是便有了"小绽友"。茉莉说："很多人说我把日子过成了一首诗，但事实上，在追求自我的旅途中，要达到两人共舞的场景，这是一场漫长的人生修行。"她和三儿的婚姻生活刚开始也充满矛盾，甚至她也得过产后抑郁症。有一天，她在书架上发现了一本沉睡很久的书——《亲密关系》，翻开它，茉莉像是找到了生命的源泉，发现了生活的密码，生活一下子明朗起来。慢慢地，生命中充满了阳光，温暖又多彩。

有时，无须知道自己想要什么，但一定要知道自己不要什么，不放弃对自己的思索。也许在日子里的某一天，你会突然了解生命的意义。茉莉就是这样的女孩，她也是那个生活在南方的北方女孩。

2018年，她用文字记录的亲爱的生活，亲爱的工作，亲爱的小孩，亲爱的遇见，虽然是些琐碎日常，却是茉莉热爱着的生活的点滴真实记录，于是便有了《亲爱的生活》。

一直想说，茉莉，祝福你，女子也本应如你……

写下宁远和茉莉故事的一刻，又一次让我发现了阅读的力量，无论是对宁远影响深刻的《月亮和六便士》，还是让茉莉走出抑郁的《亲密关系》，阅读在她们的生活中不可或缺。慢慢地，她们不再只享受阅读的乐趣，而是拿起了笔，与自己对话，写作便是她们留给自己的一块净土，在面对自己，梳理自己和世界的关系时，她们来到了一个叫作世外桃源的地方。在这里，她们与自己和解；在这里，她们做衣服、画画，做很多她们喜欢的事情；在这里，她们遇见了更好的自己。而读到她们的我们也正在奔向那个芳草鲜美、落英缤纷、良田美池、鸡犬相闻、男耕女织、怡然自乐的世外桃源……

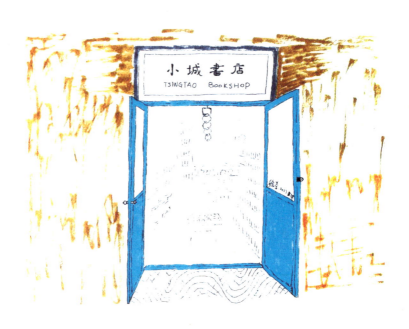

放下手边的事，来读一本书

茉莉

阳光正好的下午，我坐在书房翻看两本书，一本叫作《如何有效阅读一本书》，一本是《儿童健康讲记》。

第一本是很实用的笔记读书法，不知道现在有多少人还在边读书边做笔记呢？我就没养成这样的好习惯，好像按照书里说的，专门准备一个笔记本随时手写做笔记也不太可能了，那不如就在印象笔记里建一个读书笔记的分类吧，然后按照书里教的方法用更快捷的方式整理起看过的每一本书，养成习惯后应该也会受益无穷吧。

刚刚在印象笔记里建好了这样的读书笔记分类，就接着来看第二本书了，《儿童健康讲记》讲的是一个中医眼中的儿童健康、心理与教育。那时候悦悦刚好有点儿受凉感冒了，本来想给她艾灸一下的，就翻到书中讲艾灸的部分，专门看了看，还挺实用的。

我很爱买书，每隔一段时间都要买一堆书，但看书的速度远不如买书的速度，以至于现在扫一眼书架都会有种怎么这么多书还没看的紧迫感。

时间被打成碎片，书也是这本看一点儿那本看一点儿，不过想到现在身边有些朋友是压根连书都不买，也就平衡了点。时间总是有限，我愿意把时间花在看书上而不是花在追剧或者打游戏上。

我很想有一个舒服的角落可以安安静静的读书，有一个中意的椅子或者舒服的沙发，一侧立着一盏暖色的阅读灯，闲暇的时候就坐在那个角落里看书，想想真是美好的时光。

我想，如果在家里时常出现我安静又享受地看书的画面，也会带给孩子们温暖的记忆吧。

记得有本育儿书里写的故事：因为妈妈很爱读书，所以，她就把地下室也改造成了一间小小的图书馆，孩子们耳濡目染也爱上了读书，放学回来第一件事就是跑去地下室的图书馆里选自己喜欢的书看，从而养成了爱读书的好习惯。

可是，现在我们给孩子的影响更深的

部分常常是我们所忽视的，比如，手机对他们的影响。潜移默化的影响真的很重要，我希望我给孩子的是正面的影响。那天，刚好跟三儿说起这段，他立马兴奋地说："对啊，我们应该把放置杂物的地下室弄成一个图书室啊！"被他一提醒，我似乎一下子想象到它未来的样子，想象着下班后或是周末，一家人在里面各自看着喜欢的书的样子，真是太棒了！瞧，很多时候，并不是我们过不成自己想要的生活，而是我们没有去想去做。

这一年，从开始就很忙，除了工作上的事情还要陪孩子们，要带嘉嘉上兴趣班，还要健身，虽然每天都很想安稳平静地送走日暮黄昏，但现实却总是被那么多应该做的事情所追赶着，慌乱而忙碌地度过。时间有限是阅读上最大的遗憾，有时候一本书还未看完就被打断了，那本书竟然就再也没有机会看完了。

几个月前，我专门去学了一门快速阅读的课程，这个课程完全颠覆了我以往的阅读理念，后来我也意识到，这样的阅读方式就是在这个快速发展的时代，为了避免我们根本没时间完完整整看完一本书而产生的。

我就用这样的方式读了一些书，用非常快的速度，也会用思维导图来做读书笔记，这样一来，看书的效率比以前提高了不少，但是，在暖黄色灯光下轻松阅读的感觉也少了。其实，每个人都有自己的看书方式和习惯，能在你喜欢的书里有所收获就够了，不管是什么样的阅读方式，把读书当成一种习惯坚持下来，才是最重要的。

每天找个时间，放下手边的事，去读一本书吧。

希望绿茶看到这个题目不会觉得我在"剽窃"，其实我拿来用也是胆儿颤颤的，况且这确实是出自他的想法，也是他已经在写的一本书的名字。我想了几天，还是决定用这个题目，想来，是那天我们在书店小憩，当我铺开纸张的那刻，才有了将它写下来的灵感。

2017年，研究民国时期文化名人生活的专家，也是岛城资深媒体人刘宜庆找到我，他说有位专门研究张充和的年轻学者出版了一本新书，叫作《一生充和》，经此书作者王道研究，他认为青岛是张充和的福地，所以希望可以将此书的首发式安排在青岛的书店。

听到这个消息，我不觉兴奋起来。近些年来，关于民国类的书籍越来越受欢迎，那些才子佳人或风流，或励志的故事也广泛流传开来。张充和，这个"最后的闺秀"，既是著名的"张家四姐妹"之一，也是陈寅恪、金岳霖、胡适之、张大千、卞之琳等一代宗师的好友，她写得一手隽秀小楷，唱得一腔好昆曲……这样传奇的女子，被多少人研究都不为过，被多少人撰写都不嫌多。你的领域，我的专业，一个立体的张充和被王道还原了。在众多对她的生平经历进行研究的学者中，王道算是鼎鼎有名的。现居美国的张充和后人曾经对王道说："你是我奶奶真正的粉丝。"看起来有点儿腼腆的王道在谈起张充和时，语言流畅到不需要任何思索就能将张充和的生活片段重现，让人有种此刻他正与人分享的是他某个亲人的故事的错觉。

《一生充和》书中的每篇文章更见作者的良苦用心。每一篇文章后的注释，做到清晰明确的说明，使书中文字做到有据可查，文中的年谱细碎足见王道本人的严谨。绿茶说，他曾经去过王道的书房，发

现王道整理收集了大量有关张家的历史资料。有民国时期的旧报纸，也有那时的宣传画等资料，王道将这些都一一复印留存，构成了庞大的个人资料库，落笔之时又一一盘织。这些文字经过细细揣摩、加工、组织、落笔、修改、删减，最后成书。王道坦言，这本书他写得并不轻松，自己在创作过程中还大病一场，但正是因为生病，才让他想起了张充和女士一家在病痛中煎熬的场景，所谓感同身受，就是如此吧。病愈后，《一生充和》的创作也完成了。

我的目光从绿茶身上游移到了坐在旁边的王道，那种"十分冷淡存知己，一曲微茫度此生"又在隐约之中出现了。

这样的夜，总是能够轻而易举地将人们带回从前。绿茶此时站在一本名叫作《在书中小站片刻》的图书旁，这是他写的书，这次，他作为王道新书的嘉宾在海边的书店发现了自己的书，一定很是欣喜。我走过去，对他说："这本书我也读过，很喜欢。"他惊讶地看着我。我想，他一定没想到我偷偷买了他的书来读吧。

两年前，在一次图书博览会上，当我路过一个书摊时，在众多堆叠的图书中发现了一本色彩淡雅、封面设计简洁的图书，我停下脚步拿起它，封面上的一个人一本书一杯茶一间书房让人有种一睹为快的冲动，旁边写着一行小小的字："书是后来的每一次选择"，还有一行特别有意境的英文："All with Books, Always Books." 这本书的名字是《在书中小站片刻》，作者是绿茶。

　　书拿在手里，随手翻来，想来，书中写的不就是我吗？多年前的种种又浮现在眼前。学生时代的我，在书店蹭书看，很少买回家。在书店工作后，我经常把负责楼层的图书从书架、台面上搬上搬下，一一排开整理，让每本书的排列高低有序，有时也按照图书内容将它们分类，以方便读者查找阅读。而我也在整理一本又一本的图书中，对作者和图书有了最初的记忆。闲暇或午休时，我便找来一本喜欢的书读一读，如果遇到特别喜欢的，就赶紧记下，等到月终发工资的时候，便一一买下。这些经历不仅我有，绿茶也有，大学时代，他是风入松书店的店员。

　　我对他说："我特别喜欢你写的那篇'谢谢书店，谢谢书'。"读着读着，仿佛遇见了一个"新"的我，让我在对图书的了解、对书店的感情、对作者的关注、对市场的分析、对出版的观察、对阅读的感受等方面有了新的理解。

聊天中，绿茶知道我对有关写书店的图书感兴趣，就告诉我他拥有几乎所有有关写书店的图书，还向我重点推荐了钟芳玲的书话三部曲：《书店风景》《书天堂》和《书店传奇》，书店和书的故事总也说不完，总也写不完，进入书的天堂，这里有人类无尽的发现，更有世人道不完的浪漫。

夜色已晚，书店送走了最后一位读者……

第二天，在一场民国文化名人的讲座中，又遇绿茶，这次他是来参观这家由德国水兵俱乐部改建的三零人文书店，而我是来听"策杖徐行"的。这一天，青岛的很多书店，大大的、小小的书店都闪现过他的身影；也是这一天，他说，每到一个城市，都会逛逛书店，然后记录下书店不同的故事，逛得多了，写得多了，就可以成书了，这本书就叫作"在书店中小站"吧。也许，正因为绿茶在书店的"小站"，才让我拥有了阅读之外的趣味。

谈到有趣，必然要谈谈韦力，韦力也是绿茶极力推荐的爱书人。跟绿茶熟络后，他总会讲起韦力与古书的故事。收到绿茶寄来的韦力作品——《书楼觅踪》，最初拿到这本书，看着整本书的装帧设计，竟有一种拿到绝世武功秘籍的感觉，书中主要讲述了韦力先生对中国古楼遗迹的考察与研究，并按省份依次排列讲述，我第一时间找到属于我家乡的那部分内容，想一睹为快，可惜韦力找到的书楼四分之三都处在江浙一带，没有我的家乡，甚是遗憾。

书中虽然没有找到我想找的藏书楼，但是书中的故事十分有趣。比如，记录明末清初藏书家孙承泽的那一段，说："孙承泽本是明崇祯四年的进士，当官当到了吏部左侍郎。1644年，李自成打下了北京城，孙承泽觉得自己应当守名节，于是他在玉凫堂后面的书架自缢，然而被人解救了下来。但是孙承泽要殉明的决心很坚定，于是他又让长子跟自己一同跳井，但还是被人救了，这让孙承泽感到，活下来才是天意。"读到这里，看得我抱腹大笑，不禁想起《活了一百万次的猫》的故事，原型竟是孙大老爷？显然孙大老爷要比那只猫早上很多年。

书中的内容除了有趣之外，更多的是内容考究，叙述严谨，是韦力先生的心血之作，虽然是厚厚的上中下三册，对大多数读者来说，读起来比较费劲，但我下定决心要把它读完。究其原因一是因为绿茶的讲述和推荐，二是韦力要到青岛做一场"韦力谈当代藏书与生活"的主题讲座，当然，自我拿到手的那刻起，便再也放不下了。

阅读"浩瀚"的大书，也需要给自己一点坚持的理由。我拍摄了一张整套图书的照片发到朋友圈，并郑重其事地承诺一个月读完，没想到，圈中很多朋友看到后也产生了很大的兴趣，有的朋友响应一起阅读，理由是既可以互相督促，又可以分享阅读心得，还有一位朋友一口气买了十套，作为节日礼品送给亲朋好友。

见到韦力后，我跟他讲了这个出手"豪气"朋友的事，他说："如今很多有钱人都会在家里、办公室摆放高档的书橱用以藏书，各式各样装帧精美的图书排列整齐、气势非凡，可拥有者究竟是用来阅读，还是刻意营造出书香之家的氛围，就不得而知了。比起随处可见的KTV、洗浴、按摩等娱乐场所，这种'附庸风雅'又有什么不好呢？"听到此番解释，顿时觉得那些将书买来做礼品、做装饰的人们也算是一股清流。

与他们的谈话让我收获颇丰，有时候一些小小的意外更能让我看到自己的不足。这就要从一碗拉面讲起。

那是一个紧急赶往某个会议地点的中午，因为上午日程过于紧凑，下午会议时间又无法推迟，两地距离太远，只能将本已安排好的午餐地点临时改为离会场稍近的地方。在开往会场的路上，韦力、绿茶、薛原正在谈笑风生，我也听得津津有味，只是眼睛不停地寻找可以吃饭的地方，毕竟有客自远方来，作为主人的我们不能怠慢。当车经过一家清真面馆时，我大声对司机说，"掉头，就那家。"接着我向大家介绍起这家面馆，"这是一家我曾经吃过的很有名的小面馆，附近写字楼里的白领偶尔也会到这家店吃面。而且，这里就在会场旁边，不会耽误下午的会议。"我对坐在车里的三位男士解释说。

可当我们走进这家面馆时，我开始局促不安了，一张小小的桌子只能坐下四个人，韦力、绿茶、薛原，还有从上海慕韦力之名而来的图书编辑杨柏伟围坐，而我只能坐到旁桌。不一会儿，拉面被服务员一碗接一碗的端上桌，看着眼前一碗碗小小的拉面，我感觉像有无数颗火星在脸上灼烧，火辣辣的疼。韦力看出了我的不安，温和地说："跟着你有口福，能吃到这么好吃的面，不枉此行啊。"薛原也赶忙为我解围，"都是我安排的上午内容太紧张，没有给大家留出吃饭的时间。"面对眼前身价不菲的韦力，面对刚从机场赶来的杨柏伟，面对业内有名的书评人绿茶，还有多次给予我工作指导的薛原，面对这几位前辈对我的体谅，我越发内疚，在心里不断地问自己：我怎能这样待客呢？那时那刻，我真恨不得找个地洞钻进去。

也许，是因为一碗拉面让我充满了愧疚，在第二天的"韦力谈当代藏书与生活"的讲座现场介绍嘉宾时，我比以往更加用心，现场主持也更加认真，活动后的感悟颇多。

人生就是在一次又一次的遇见中度过，有的遇见可能只有一次，我们又怎能让这唯一的遇见变得马马虎虎呢？

谢谢书店，谢谢我遇见的在书店中小站片刻的你们。

绿茶，书评人，绿茶书情创始人。曾任人民网读书频道主编，《新京报书评周刊》编辑，《文史参考》主编，《东方历史评论》执行主编，中信出版社副总编辑。现为自由职业者，业余插画师。著有《在书中小站片刻》等。

青岛书游记

绿茶

应苏州王道兄邀约，去青岛书城参加他的新作《一生充和》首发。来之前了解了一下，青岛有很多独立书店，于是想借这次机会走访一下。

王道的新书首发在青岛书城举行，这个新华书店旗下的大型书城选书很有品质，活动区城市课堂周边以人文社科类图书及各类活动嘉宾的书为主。看到很多熟悉朋友的书，也偷偷找了找六根的那套醉醒客丛书，这里都有。

书城二楼一个角落有一个店中店叫明阅岛，是青岛首家二十四小时书店，小店小巧精致，选书清新有品，有很多台版艺术、旅行、人文方面的书籍。青岛书城晚九点关门后，明阅岛另一个门通向楼下二十四小时超市。每个城市应该有这样的书香夜灯，留给那些喜欢夜读的人。

除了明阅岛，青岛新华书店旗下还有两家特色书店，一家叫涵泳复合阅读空间，离我住的酒店不远，骑共享单车两分钟就到。这家书店叫"复合阅读空间"，的确名副其实，店内各种文创、玩具、活动空间都有很好的设置，虽然地方不大，但井然有序。和青岛书城一样，这里也有一个城市课堂，举办各种形式的文化沙龙。站在这片阅读空间，面朝大海，可以远远看到青岛著名的石老人海滨浴场。

逛完涵泳出来，蹬上单车顺着海尔路，骑行不久到了青岛出版集团大楼，一楼有家BC美食书店，也在新华书店旗下。这家书店以美食图书和生活图书为主，店内有几个包间可以吃饭，包间内也是各种让人"胃口大开"的书。我到的比较早，还没到饭点儿，坐着喝杯咖啡，翻看店内免费内刊《BC MIX》。

这家书店的slogan为：发现生活之美。内刊上的一段话阐释了他们的理念：一家雅痞的美学生活馆，一家酷锐的生活方式书店，一家雅致的手作美食店。关于都市、生活与人、阅读、美食、匠心、黑胶、新影像、咖啡、艺文，都是我们隽永的灵感之源。

　　青岛的朋友说，这家书店的餐非常好，可以享用一下，可当时离午饭时间还早，一点儿都不饿。后来在泉州听陈晓卿也说这家书店的餐特别好，想想就流口水，应该品尝一顿才好。

　　青岛很多路都是斜坡，书店附近找不到单车的影子，步行着去对面的青岛体育中心，体育馆内有一家著名的如是书店。这家综合型书店名气很大，去年在上海参加最美书店周时，见过他们的两位老板。今天来的时候，不巧，老板不在。

　　书店在体育馆一层，空间很大，窗户外就是体育场，场内有几个人正在踢足球。去过南京的先锋书店，那也是一家建在体育馆内的书店，两家书店各有风格。店内看书的人很多，用餐、喝咖啡的人也很多。感觉体育馆这样的多元空间（国内大多数体育馆都集运动、餐饮、儿童乐园等功能），有一家书店还是蛮搭的，让运动的人、吃饭的人、孩子们和家长有一个安静的去处。

　　逛完这三家书店，我便打车去了老城区，因为想逛的另外几家独立书店都集中在那一片。在广西路和安徽路路口下车，是青岛邮政博物馆，著名的良友书坊也在这栋老楼里，一层主要是文创和咖啡区，顺着楼梯上楼，楼道上展示着邮政百年的图片，四楼的书店区域更大，但也是书、文创和咖啡的融合空间，坐在这里，整个人很放松，很想虚度一个下午。

青岛日报副刊的薛原兄以前参与这家书店的运营，当天没打听薛原在不在，后来见到薛原兄才知道，他已经不参与良友书坊的运营了，而在叁零文人书店主持策划文化沙龙活动。

良友书坊门前的小岔道叫莒县路，离良友不远有一家很小很小的小城书店。书店门口有个小牌子，记录了这家小书店的小故事：小城书店所在的莒县路始建于1900年，最初叫梯而匹兹街，是一条很美的银杏街。书店隔壁曾是德国人的兹而·爱赫旅馆，对面是胶澳商埠公立通俗图书馆（建于1924年）、青岛市立图书馆（建于1920年代）和青岛市人民图书馆（建于1949年）。小城书店与不远处的嘉木美术馆是一双姊妹，都是老房子里的艺文空间，都很小，都想让自己与青岛一起美好。

看完这段文字，真的感到一种美好。然后步行去了不远处的嘉木美术馆。这个小型美术馆在一栋老别墅里，有几个小型画展，其中一个是美国大学的小型学生插画成果展，很有特色。在美术馆的荒岛咖啡馆坐了会儿，陶醉一下这小小的美好感觉。

路口拐个小弯进入湖北路，见到一栋四层小楼，这里是青岛文学馆，也是个集咖啡、文创、书店、展览为一体的艺文空间，墙上展示着青岛近代的文学发展史，包括各种手稿和老版本的书、期刊等。每个城市都应该有这样的文学角落，静静地在喧闹的城市中保存着那种纯粹的文学梦想。

这一带一步一店，沿着湖北路慢慢步行，偶遇一个写有BOOK的灯箱，在灯箱处进入是一个朴素的小院子，门口种有茂密的绿植，穿过去推门进入，这里有一家叫纸有境界（venatao）的小书店，店内以各种宣纸、毛笔等书写工具以及书法、艺术类相关的书籍为主，也就是以"纸"为主，这很小的空间，是纸的世界，连书架都是纸箱构造而成，的确是一家颇有境界的小书店。这家书店不在我走访之列，属于偶遇，小有惊喜。

沿着湖北路继续漫游，到了1907光影俱乐部，这里是德国水兵俱乐部旧址，现在是综合的艺文综合体，内有浮士德书店和叁零文人书店。浮士德书店很小，但很有情调，以卖浮士德各种版本以及德国相关书籍为主，很难想象这样一家书店，如何在这样的空间里有自己的生存空间。

去逛叁零文人书店时，偶遇青岛书城招待我们的袁姑娘，她带着父亲来听一个演讲，今天的主题为：梁实秋与青岛，由青岛师范大学一位教授主讲。主持和策划这家书店文化沙龙的正是薛原兄，本次青岛之行本不想打扰薛兄，没想到在这里巧遇，然后约定明天去他的"我们书房"小坐。我坐着听了一会儿，然后与袁姑娘、薛兄告辞，去逛下一个书店。

听青岛大学张文彦老师介绍，青岛有一位文化人，开了六家特色不同的独立书店，浮士德书店和叁零文人书店就是其中两家，此外还有荒岛书店、小城书店、artbox书店、祥子书店、嘉木艺文等，都是他开的书店和艺文空间。

前一天和王道兄去寻访沈从文故居，故居没开门，就去对面的苏雪林故居内的荒岛书店坐了会儿，这家小书店的确给人惊喜，在一个小小的阁楼上，以沈从文、张爱玲及其他一些现代文人作品为主，同时有很多自有品牌的文创产品，明信片、书袋、木偶等。店员说，荒岛书店有两家，另一家在老舍故居内，以销售老舍著作为主。

从叁零出来，我想去青岛书房，在浙江路和曲阜路路口，是四层漂亮的别墅，非常有地标性。这里原是安娜别墅旧址，始建于1901年，由德国人卡普勒所建，是他为纪念母亲安娜而命名的。2016年，青岛书房在这栋翻修如新的老别墅里开业。

青岛书房一到四楼都是不同类型的图书，在二楼看到一本《安娜别墅时代的日常青岛》，这本书记录了在1900年代那些和青岛有关的人和事，记录了柏林街和卢伊特波尔德街路口的街区格局（也就是今天的曲阜路与浙江路路口），记录了安娜别墅完好无损存在的意义。

青岛书房由青岛出版社投资创立，是青岛本土文化的展示平台，有很多关于青岛的书籍、明信片、地图等都得到很好的展示。"青岛文库"等大型青岛历史、人文书籍向我们展现了青岛的历史与故事。

这是我今天书店之旅的最后一站，有点走累了，要了一杯咖啡坐在三楼阳台上，看着窗外的红屋顶和一楼院子里的文创市集，随手画一幅印象中的小城书店，为今天的书店之旅增添一点小小意趣。

青岛还有方所书店、西西弗书店、不是书店、我们书店等四家书店，但这次来不及去逛了。方所和西西弗已经去过很多其他城市的店，本来也不是要逛的范围，不是和我们两家独立书店，因为不在步行能到的范围，所以没来得及逛，以后再找机会去走走。

韦力，故宫博物院、故宫学研究所特聘研究员，复旦大学古籍保护研究院特聘研究员，喜藏古籍，常以寻访方式探寻历史人文遗迹。相关著作有《鲁迅藏书志·古籍部分》《古书之爱》等三十余部。

一天

韦力

应青岛书城之约，绿茶兄与我前往此处办一场讲座，此次活动的筹办人乃是《青岛日报》读书版资深编辑薛原先生。几年前，我就看到过薛原所编系列书话之书，印象深刻的有《如此书房》和《独立书店，你好！》，这两部书的装帧和编辑之细腻，颇能赢得业界口碑。

来到青岛之前，我给薛原打了个电话，跟他沟通一些细节。我的沟通当然包含着自己的私心：既然再次来到青岛，总希望能够多记录一些有价值的信息。近来，我正忙着写各地的古旧书店，以及续写有特色的私人书房，然而薛原告诉我，青岛是一座年轻的城市，虽然以前有过国营的古旧书店，然而大概在十多年前却被取消了，而私人的古旧书店又未曾兴起。这个情形出乎我的预料，我仍不死心地问他，若当地没有古书店，是否还有旧书店？他犹豫了一下跟我说，这样的书店倒也有一家，届时可带我前往一看。

后来我们聊到了对线装书的认识，薛原说他从不收藏任何一本旧书，更无论古书了。在我的印象中，薛原也属资深爱书人，为什么对古旧书有着这样避之唯恐不及的心态呢？薛原明确地告诉我，因为他有洁癖，为此他错过了很多的机会，还有人骂他是傻瓜。然而，他坦然面对别人的嘲笑，并向我解释自己的洁癖到了何等程度。

经过他的一番描绘，我突然发现了当今中国藏书圈的一枚独特品种，除了薛原，我还不知道哪位爱书人会将珍本典籍以及民国珍贵史料拒之门外。虽然我的书房系列基本是在写收藏古书与旧书的朋友，但何妨在这个系列中增添一个新的品种，那就是绝不收藏古旧书的爱书人——薛原。

这通电话，我们达成两个协议，让我颇感高兴，于是我决定提前一天前往青岛。我的计划是：上午到薛原的书房拍照采访，下午请他带我去参观青岛的二手书店，第二天再进行青岛书城的讲座。这样既不浪费时间，也能将事情办得圆满。

到达青岛的当晚，我见到了在电话中交往多时的薛原先生，而后同他一起去见了青岛新华书店集团董事长李茗茗女士，受到了李董的热情接待。当晚薛原和青岛新华书店办公室工作人员袁赟把绿茶和我送回酒店，在酒店大堂我再次向薛原确认了明日的采访行程。而此时他跟我二人讲，明天下午要穿插一个小会，此会需要我跟绿茶一同参加。既然来到了当地，当然要听薛原的安排，然而我担心下午会影响当地二手书店的采访，薛原告诉我，已经做了妥善的安排，肯定不会影响采访。

以上的交代都是我跟薛原之间的交往，看似文不对题，然而我跟绿茶参加这个会，却是跟薛原有关，只能啰唆地讲述这个过程。第二天一早，薛原就改变计划，他拉着我先去参观了戏曲藏书家宋春舫的遗迹，而后在我的一再催促下，才带我二人前往他的书房，在这里的拍照与采访印证了他在电话中跟我所言的洁癖，因为在这个四壁到顶的书房内，我确实未曾看到任何一本古旧书。

我奇怪于薛原的堂号叫"我们书房"。他向我解释说，这个堂号的来源是由于"我们书店"，而后他向我讲述了这两者之前的关联性。通过他的讲述，让我产生了前往一看的兴趣，因为我觉得把我们书店写入对薛原采访之文，则更为圆满。故采访完毕后，我跟绿茶以及袁赟一同前去参观了我们书店，在那里见到了店主马一。参观之后，马一先生请我们喝茶聊天，而绿茶兄在此店买了一本书，他说自己每进一家书店必买一本书，而我却惦记着下午的二手书店寻访，故未来得及效仿绿茶，在此买些资料书。

到了中午，袁赟提出请众人吃饭，我仍然惦记着下午的采访，提议可否简单一些，最好找个面馆吃碗面即可。于是袁赟让司机把我们带到了一家路边的兰州拉面馆。在等面的过程中，薛原说，还有一位朋友前来参加明日的座谈会，这位朋友是上海书店出版社的副总编辑杨柏伟先生，而杨先生刚在外地开完会，此刻已乘飞机到达青岛机场，于是我们点完拉面后告诉店家先不要端上来，坐在那里聊天等候。大约半个小时后，我见到了颇具艺术气质的杨先生，这时拉面上桌，袁赟又给每人加了一个煎鸡蛋，同时还有凉拌土豆丝等凉菜，这顿简单的饭菜，让大家吃得不亦乐乎，而杨先生偏偏是个有趣的人，用幽默语言引得众人哈哈大笑。

吃完面后，众人一同来到了海尔路青岛出版集团，这是一座二十几层高的现代化的大厦，显现着该集团的实力。在参观的过程中，李茗茗董事长特意接待了我们，然后带着我们参观了楼内面积颇大的美术馆，这里正在举行杜大恺绘画作品展。参观完美术馆，李董又带我们前去参观了艺术馆，艺术馆内正在展览当代名家艺术陶瓷，本馆的负责人向我们一一介绍了这些当代名家的奇思妙想，之后就把我几人带入了与艺术馆相邻的会议室。

走进会议室，看到会前布置已经完成，偌大的会议桌上已摆好了参会者名牌，原本我跟绿茶想坐在某个角落，以便会议间隙趁人不注意溜走，因为这是薛原昨晚出的馊主意，他说若感到会议内容乏味，则中途可以溜出去，而后接着完成我们的寻访计划。可是在会议桌旁浏览了一遍，赫然发现绿茶与我的名牌已经摆在了会议桌的中间位置，这一瞬间让我意识到，本次会议看来早已定下完整的计划，绝非薛原所言，只是临时拉我二人来凑个数。既然座位排在了显著位置，再想溜走已经不太可能，我立即转头看了一眼薛原，他狡黠地把脸转到了另一边。

而会议议程则明白无误地列着"外地专家"两名，此栏项下是我跟绿茶，见此名单后我跟绿茶耳语：看来上了薛原的当，这哪里是来旁听，显然我两人参加此会早已是计划中的事情。绿茶果真比我涵养好，他只是呵呵一笑，说了句："这个薛原！"

尽管太意外，可这场会议，让我意识到，当地的文化人对于提升本市的全民素养可谓付出了太多的思绪与辛劳，尤其听到他们所谈到的具体方案，更让我感觉到青岛当地人并不止是喊一些漂亮的口号，他们用实际行动努力地营造着当地的读书氛围。

会议结束后，众人还都站在那里继续讨论着本市读书界的方方面面，这份真诚让我即使再心急也不便转身离去，而此刻已经是下午五点多，我只好拉住薛原问他："都到这个时间了，再前往那家二手书店，是否还来得及？"薛原一脸无辜地看着我说："我提前跟你说过，青岛没有古旧书店，你让我带你到哪里去看呢？"我恨不得一把揪住他的衣领子问他，我不是已经跟你约好今天下午要去二手书店寻访吗？他仍然无辜地跟我说，青岛真的没有。然后他眼珠一转，马上又跟我讲："想起来了，已经带你去过了。"我问他在哪里，他一笑，跟我说道："不是我们一起去看过我们书店了吗？"

　　这个结果真的令我哭笑不得。我不知道怎样来回答他的这句话，而此刻我突然想到，刚才会议上轮到薛原讲话时，他夸赞我的发言："韦力先生总结得很到位也很全面，我觉得他想看青岛古旧书店和二手书店这件事完全没必要进行了。"到此刻我才回过味儿来：原来他在开会时已经给自己找好了台阶。其实我的心里感谢薛原带我和绿茶参加这场会议，虽然未曾到二手书店寻访，但我在此次会议中反而更加全面地了解到青岛读书界的方方面面。

　　晚餐，我们来到了一楼参观了集团的美食书店，这间书店在装修风格上颇具现代简约风，而书店所陈列之书也并非全是食谱，我在这里还看到了一些黑胶片，浪漫而优雅，房间屋顶垂挂的书籍，犹如童话世界的降临，人类的美好和智慧都在向来用餐的客人慢慢地诉说……

　　这一天，如果用俗套的总结方式，应该是一句"充实而愉快的一天"。

榜样

人的一生中总该有几个榜样，这样在每一个阶段就会有努力的目标和前进的动力。小时候，姐姐是我的榜样，她不仅学习成绩优秀，还是琴棋书画皆通的班长。姐姐说，我们的姨妈是她的榜样，姨妈是我们家的第一个研究生。后来，我成了弟弟妹妹们的榜样，姥姥总是自豪地说："我的孙女、外孙女和外孙都是大学生，孙女还是博士呢。"也许姥姥根本不知道"博士"是什么意思，总之就是觉得骄傲。妹妹这个博士生总说是姐姐们头带得好。就这样"榜样"成了我们家的传统，也是我每个人生阶段的坐标。工作后，更加感慨"榜样"是一种既强大又无法说清的力量，它指引我、带领我努力前行，成为更好的自己。

2012年9月，我入职新华书店，这是一个只存在我小时候记忆中的地方。长大后，在这条回家的必经路上，它安安静静地矗立在街道旁，我偶尔停下脚步仰望着它，对这座神秘的大楼，年少的我，心向往之。随着互联网购物的兴起，我的购书习惯也从书店搬到了网络，也曾一度怀疑这个书店还"活"着吗？但当我走进它，了解它时，才发现它是一种力量，一种情怀，一种传承。

入职第一天，在整理书架时，我发现了一本叫作《做书店》的书。因为跟工作紧密相关，所以寻找新的"榜样"已成为一种习惯。翻开此书，内容简介中这样写道：

> 做书店是徐冲的职业，《做书店（增订版）》汇集了徐冲30年书业生涯的观察与思考。自1981年步入书业，徐冲从营业员起步，到身为一家书城的负责人，至今已30年。参与

筹建并主持的浙江图书大厦为同业翘楚，本书整理了大厦从筹建到目前运作期间作者的主要文字，凝聚了他对图书卖场的设计与管理、书店员工队伍建设、书店连锁经营等问题的心得体会，呈现了一位老书人对于图书销售业的炽热情怀。同时，站在零售书店的角度上，作者对国内书业各方面各环节都有深刻独到的见解，时出惊人之语，如应由市场淘汰部分出版社，主张提高书价等。作者在业内以敢言著称，整理出这份做书店的记录，一方面是对转型期零售书业的个案回顾，另一方面也希望能对同样在做书店的朋友有所帮助。

——《做书店》

那时候的我，对于书中许多文字是读不懂的，但徐冲的这本书对我这个初入图书行业的新人来说，更像一把打开职业生涯的钥匙。作为营业员，每天要面对大量新书上架的工作，看着一堆又一堆的图书，让我感觉茫然。记得徐冲在书中说，"别急，慢慢来，你会做得很好的。"他似乎从《做书店》第八十一页中走了出来。

还有书中的上架口诀我也铭记于心：不着急，慢慢来；搞好卫生再动手；图书分类要清楚；类别两端留空当；放中段，空上下；每格留出二指宽；风黄污损不上架；系列产品要排队；成套图书费思量；高价图书先塑封；重在下，轻在上；先高架，后展台；小类别，搁一旁；新书好书要推荐；数量不足马上添……

上架口诀有十九条，我按照自己的具体工作将其中的这十五条作为规范日常工作的标准，很快我就在书店举行的"找书"大赛中脱颖而出，也可以轻而易举地为读者找到想要购买的图书，速度比电子查询还要快，同事们说我聪明，脑子好用，才来书店工作两个月，就对图书的摆放方法和位置了然于心。我知道，这是有"老师"指导的。

慢慢地，我对书中内容的理解越来越多也越来越透彻，也养成了在工作中常思考的习惯。比如，徐冲说卖场业务工作的核心是抓住"四本书"。第一本就是"畅销书"，它就像酒水饮料，花样百出；第二本"常销书"，像是基本主食，中规中矩平衡饥饱；还有就是"动销书"，它更像是花式菜肴，各人各爱；最后一种是如残羹剩菜的"滞销书"。怎样将它们做成色香味俱全的满汉全席呢？我常常会思考这些问题。有一天，我终于想明白了，作为一个书店人，不仅要看报逛书店，更要多看书。徐冲说："天赋、责任、勤奋是一个书店人必须具备的要素。"我也努力按照徐冲的标准要求自己，他在我眼里就像老师一样。每月认认真真地读一本书，也便成了我日后的习惯。

从2012年至今，从第一天踏进书店工作至今，《做书店》如影随形，它就像一本书店行业内的百科全书，像"新华字典"一样的工具书，时时刻刻为我解答工作中的困惑。而徐冲，虽未谋面，但早已熟识。

如果说徐冲是我在书店工作的第一个"榜样"，是他对图书行业的热爱，对市场的思考和开拓，让我萌生成为专业书店人的想法，那么钱小华则是我在书店工作中的第二个"榜样"，更是让我有心写下这一篇篇文字的"始作俑者"，也许因为看过他写的《先锋书店》才让我鼓起这份勇气吧。

一句"大地上的异乡者"融化了读书人的心。在这个浮躁的社会，读者的心情是需要受到关怀的，读者需要的是字里行间的体谅和关怀，而对写作人而言，需要的是一颗沉静创作的心。书店是一片树林，通向一块偌大的空地，人们可以去散步、长谈、听音乐、看风景，丰厚的人文素养是最高的品质、最肥沃的土壤，所以钱小华开了一家纯粹意义上的书店，一家知识分子的书店。

他说："一个城市高耸的楼群不是胜利者，可贵的是到处所见手提背扛行李的流浪者、漂泊者、梦想者和落魂异乡之人，他们汇聚在城市中生活、工作、恋爱和死亡。旅行对于他们来说是最为快乐的，在异乡的旅途中死去最为崇高，这是他们永恒的归宿。地铁中匆忙的人流，嚓嚓的脚步声，呼啸而来的地铁，漆黑无边的隧道以及一望无尽闪亮的铁轨都使我的想象一道远去，哪一天书店开成地铁这样，书架边拥有地铁一样的铁轨，读书人诗意地栖居世界各国拥有智者灵魂的他乡。自由魂、灵魂乡，在时间之中，在旅行途上，自由灵魂的所在，寄籍游子们心灵的共同故乡，才是我理想的他乡。我的梦想开进了光辉之城，路上缀满故乡的星光，地铁仿佛行驶在故乡的版图上，地铁驶来，而我却忘了上车。这是一个异乡人对书店的情结，也是一个异乡人一生终极的地方。"

钱小华让我相信书店是天堂的样子，书店人是世界的天使。因为有了书店，一个城市便有了温暖的故事。

晚上十点钟活动结束，可以直接通往二十四小时书店的玻璃大门已经关闭。透过紧闭的玻璃门望去，白天的熙熙攘攘与车水马龙此刻都被安静的夜包裹着，书店内的嘉宾们只能从另一边的木门离去，剩下年轻的店员正将活动时使用的椅子、桌子一一摆回原处，调回活动前的样子。书店在迎接它的下一位读者。

我走近正在忙着收拾桌椅的年轻店员想要帮忙，他一边收拾一边说："姐，回去吧，从下午到现在已经挺累的了，赶快回家休息吧。"虽然只是一句简简单单的话，但让人心里感觉暖暖的。

我捋了捋凌乱的头发说："没关系，帮你摆好，我就回家啦。"他抢下我手中的椅子，笑着把我送到楼梯处，临走时还冲我摆摆手。我无奈地笑了笑，说："好吧，再见。"

当我回头再看时，他已经将桌椅摆放整齐，又顺手整理起散落在各个角落的图书，只见他一次次地拿起书，偶尔翻翻内页，又放回原处，或寻找一个更好的地方。这样的夜晚，是书店的日常。此刻，周边的商场店铺、高楼大厦都在黑夜中安然入睡。

十二点的钟声响起，一个学生模样的女孩抱着一堆复习资料走了进来，她找了一个靠窗的角落坐下，点了一杯卡布奇诺。年轻店员先给女孩上了一杯白开水，微笑着说："天气热，容易上火，先喝点水吧，咖啡马上好。"

女孩感动地说了句"谢谢"便迅速将头扎进一堆复习资料中，沉浸在密密麻麻的ABC中。

过了一会儿，一位衣衫褴褛的拾荒者走了进来。他没有点任何饮品，只是驻足在某本书前，也没有用手翻看，眼睛里透着善良的光。年轻店员走到拾荒者身边，先请他到洗手间清洗了满是灰土的双手，又准备了一条干净的毛巾给他，拾荒者洗净双手，又将脸上的灰尘洗去，擦干。他小心地将穿在外面的老旧的确良衬衣脱下卷了起来，露出双肩背心。店员递给他一杯白开水，拾荒者脸上透出尴尬的表情，眼神一边躲闪着一边低头翻看手里的书，默默地读了起来。

整个夜晚，随着那场文化活动的结束，店中只剩下年轻店员、女孩和拾荒者。他们几乎没有语言交流，各自做着各自的事情。清晨，女孩和拾荒者离开了，他们要去哪儿，没有人知道。让人意外的是，拾荒者买下了那本书。

又是一夜，女孩没有来，拾荒者也没有来，落地窗旁边的沙发上还是冒着热腾腾的咖啡的香气……

每一夜，书店的灯都会亮起；每一夜，天堂的灯也都会亮起。天使们为夜以继日的赶路人驱逐黑暗，为孤苦伶仃的流浪汉带去温暖。它还好好地"活着"，活成了这个城市的榜样！

样子

　　每个职业有每个职业的样子，老师有为人师表的样子，法官有公正无私的样子，官员有人民公仆的样子，这些样子既是一种职业在人们心中崇高的形象，也是一个人身处其中的热爱，对我来说，书店人的样子正是如此。

　　工作中，前辈们总喜欢用一个词语——传帮带。将老一辈的工作经验毫无保留地传给新人，新人在时代的发展中，在前辈们的指导下，一点一点地感悟、创新，这样的职业才有情怀，既有对过去的怀念，还增添了对未来的寄托，这些感情曾让我热血沸腾，是一位位敬业爱岗的前辈，用他们的大手拉着我们的小手，在职业的道路上努力走出"应有的样子"。

七年前，第一次见到王岐，源于一次全省的业务技能大赛。他是这次大赛的主要负责人，而我只是一名参赛者。赛场上，他表情严肃，整场比赛他都没有露出一丝微笑，他对比赛的每一个环节都亲力亲为，要求严格，这让不熟悉他的人都会有一种畏惧之感。随着比赛一轮又一轮地进行，我这个小小的参赛者"混迹"比赛的时间也长了，便开始慢慢地熟悉眼前这位四十多岁的中年男子。

听说他是省新华书店系统内的第一位研究生，掐指一算，差不多应该是八十年代初的大学生。因为我从小敬仰的姨妈也是八十年代初的大学生，妈妈常说，我是在姨妈的"暑假怀抱"里长大的。那是1983年，刚刚出生的我正巧赶上了姨妈上大学后的第一个暑假，姨妈一手抱着我，一手拿着书本，就这样，我和姨妈一起度过了她的第一个大学暑假。

后来，姨妈的每个暑假，都是在一边照看着我一边阅读着她喜欢的图书中度过的。短短几年间，姨妈从本科到研究生，我上小学了，她也毕业了。因为姨妈的原因，长大后，我只要听到某某是八十年代的大学生，喜欢阅读、理工科，熟悉之感就油然而生。所以，后来每次遇见王岐，就会自然屏蔽掉他的严肃，亲切、敬仰之感就自然而然地产生了。

如果说这种亲切和敬仰是源于自己童年的记忆，那么当我写下这篇文字之前对他的采访，则让我看到了一个人在岗位上的闪光，也体会到了一位领导对青年人的关心与支持。如今的王岐是山东省新华书店的副总经理，在繁忙的工作中，他利用出差路途上的时间回复了我的问题。

问：您毕业于哪一年？哪个学校？哪个专业？

答：我是1982年7月毕业于西安公路学院（现为长安大学）汽车系金属热处理专业，典型的工科院校，典型的理工男，情商不高，智商还行，当时国家刚开始统一高考招生，没经验，胡乱报了一个学校和专业，其实都不喜欢。

问：您第一职业就是到书店工作吗？

为什么会选择在书店工作？您在书店都经历过哪些岗位和部门？

答：毕业后分配到重庆市东风船厂，做了三年的造船工程师，主要负责船体的质量检验。

因为离故乡太远，思家心切，工作调动又很难，所以就抓住了单位给的唯一一次考研机会，考入山东工学院机械系金属热处理专业的研究生，考研的动机很不纯，只是当成一个调动工作的跳板。以后山工并入山大，但一直没敢自称是山大毕业生，所以现在成了一个没有了母校的人。

1987年研究生毕业后，工作分配到机械厅，但二次分配可能去青岛或烟台，因变数太大，所以自己就联系了山东省出版总社，只因听说那里福利很好，一个月发十斤鸡蛋。因为有研究生学历，很轻松地就进到总社下属的东方图书公司工作。

进入以后我发现这个公司也不是自己喜欢的公司，基本与图书关系不大，先后在计算机室、轻印刷物资公司、金店工作，十年时间也就熬成了一个中层干部。途中为了离开这个公司做了很多努力，主要是想去日本，因种种原因未能如愿。

1996年出版总社进行业务整合，把东方图书公司、外文书店改建制划入山东省新华书店，阴差阳错地成了一个新华人。

新华书店是一个比较传统的国营单位，工作氛围不错，还算喜欢。我先后在书店干过好多好多岗位，干过计算机工程师，负责图书管理系统的推广、维护（四年），编过内部报纸（一年），去和黄金集团合资的一个金店公司干总经理，"贩黄卖银"（三年），之后负责多元化工作（一年），物流建设工作（一年），2006年开始担任书店集团发展规划部主任，历时九年，于2015年成为书店副总经理至今。

问：作为老牌大学生，而且拥有研究生学历，您真的可谓是天之骄子，一定也有很多职业选择的机会，为什么会在书店一做就是几十年，是什么支撑着您的这个选择？

答：刚进入新华书店集团时，先是从事计算机工作，虽然有研究生学历，但从计算机水平来说，在同事之间是最差的，尤其是图书管理业务更是从零学起，好在学习能力比较强，大概用了半年左右的时间基本上完全掌握了相关知识，而且渐渐喜欢上了进入新华书店的第一个团队和第一份工作。当时是图书管理信息化的开始阶段，为了迅速在全省推广，跑了全省的大多数书店，也曾经去青岛书店学习，可以说，全省的图书管理信息化建设也有我一点点的功劳。这份成就感和团队氛围始终是在新华书店一直坚持下去的动力之一。

问：在您的工作中，哪些特殊的工作经历让您记忆犹新或是特别自豪？

答：工作中变动比较多，每一次变动跨度都很大，挑战也很大，都需要有一个重新学习的过程，其实学历就是个敲门砖，我因为学历进来了，别人因为有个好爹进来了，以后这些都得忘掉，需要用实力去证明自己。如果说难忘的，在计算机公司算一段，出去"贩黄卖银"也算一段，因为都是从零开始。其实，那次组织全省技能大赛也很难忘，为了那次比赛，累掉五斤肉，坏事变好事，说起来话就长了。以后走上领导岗位后反而没有什么难忘的，就是忙忙碌碌，庸庸碌碌。

问：在您几十年的工作中，一定获得过很多的荣誉，您能说说吗？

答：至于荣誉方面，还真没有拿得出

手的荣誉，对此也从来没有争取过。但是优秀员工，优秀共产党员都有过，记得优秀共产党员还是趁我不在，缺席评上的。

问：您觉得书店的未来是什么？

答：书店的未来是一个很大的课题，和同事经常非正式地聊起，从实体门店看，以后肯定还会有所发展，一是国家支持，二是群众需求。没有书店的城市是没有品位的城市，不爱读书的民族是没未来的民族，从国家层面到各级政府越来越重视实体书店的发展，至少若干年内都会有发展。但新华书店的生存值得深思，从经济效益讲，过于依赖教材教辅，80％以上的利润依赖教材教辅，容不得政策有大的变化，随着阅读方式的改变，教学方式的变化，都对新华书店带来很大影响。试想以后孩子上学就背一个ipad，新华书店的经济效益还有吗？经济效益没有了，还会讲社会效益吗？

问：您希望看到的书店人是什么样子？

答：我想看到的书店人，得是一个爱读书的人、有知识的人、有朝气的人，彬彬有礼有书卷气的人、传播正能量的人。

看到王总的回复，我的眼睛模糊了，时间似乎又回到当年那些集训的日子，学习之余，听他讲他爬过的山，走过的路。如今他依然在路上，在各种交通工具和城市之间，开着各种各样的会议，想着几百名职工的未来，建设着他心目中的职业愿景。当我跟他说，要把这些写进书中时，他依然坚持，"我没有什么好写的，只是做了一些普通的事情而已。"我说，"是您为我打开了一扇窗，让我看见书店人的样子，也看见了一个职业人应有的样子。"或许他们没有高学历，但是他们有对职业的热爱，有对知识的渴求。

一个不大的房间

袁赟

那些零零散散地写在纸头上、笔记本里、电脑中的文字像是找到了家，一个不算是很大，却很温暖的地方。在厚朴《树下无言》的新书发布会现场，我又见到了吴清波老师，他是一位很难得的安心编书的人。他编辑出版过很多有名的书，也获得过很多行业内的奖，但他始终保持着内心的温润与安静，认认真真地为他认为值得出版的好书编织着嫁衣，一笔一画地圈点，一针一线地缝制，为如今嘈杂的阅读市场开辟出一片净土。

闲谈中，我告诉他，这样的新书活动后，我都会写一点东西，写写阅读，写写感悟，写写我眼中的作家们。他却告诉我，出一本书吧，把你的这些文字汇集成一本阅读指南。本以为是玩笑话，没想到一年后，我真的把这些记忆一点一点地拾起，在书写的同时，感悟越来越多，感动越来越多。这些感动来自很多很多的帮助与支持。

感动梅子涵教授与我之间针对我的创作的交谈和邮件，他让我知道作为一名写作者，从笔尖流出的每一个文字都要有生命力，文字可以是有触感的，也可以是有理解、有立场、有情感、有高洁的态度的，还可以是又热烈又心平气和的。很感激他给我的文学和写作的"课堂"，令我对叙述、语句、节奏、逻辑乃至开头和结尾都有了新感触，并且在一篇篇写出的小文中得以运用。原来写作的提高并非缓慢的，只要努力学习，就可以比较快地听见"拔节"的声音，文学和写作真是美丽！

这些感动，还来自向诸位作家邀稿。为了让这本小书有更多的可读性，我贸然地向自认为熟悉的作家们邀稿，请他们写写他们眼中的书店，读过的书，创作的文字，没想到回复率几乎是百分之百，当然，还有来自他们的祝福与期望。肖复兴老师得知我有出书的计划，特意将修改的文字发来，蔡天新通过邮件发给我他在法国大书店橱窗前的合影，绿茶辗转为我联系梁晓声先生邀稿，王岐在出差的路途上，酒店休息的间歇回复我发过去的问题……这些都让我在书写这本小书的过程中一次又一次地感动。

如果说，他们是这个房间里的客人，用善良反哺了我这个小小的主人，那么这个房间里还有家人，这些可爱的家人用他们的言谈举止一点一滴地感动着我。

大家长当然是我们的茗茗董事长，不知道从何时起，我们对她的称呼，自然而然地就使用名字加职位，在之前从未对任何领导这样称呼过。2014年2月14日，她从一名出版"旧"人转型为书店"新"人，这位"新"人在之后几年中的努力，我们所有人都看在眼里，敬佩在心里。

其实，从第一眼见到她，我就知道这是我心目中的女性样子，她美丽优雅、激情睿智、平和豪爽、温柔坚毅，她把看似矛盾的元素和谐地融合、完美地呈现。她对我的第一个微笑，至今温暖着我。她像极了我的姨妈，她们同年生人，同样的教育背景，同样的优秀，所以从开始我对她就有一种亲切感，一种陌生的熟悉感。而后来的相处中，茗茗总对我们在工作上的指导和支持，让我们小团队里的每一个人都受益匪浅。

房间里不仅有大家长，还有叔叔、伯伯、姑姑、姨妈，这是个大家庭，大家庭里有很多人，周荣、王学良、崔立群、徐秀英、刘足余、史靖江、李文、崔纪利、张森、杜琨、李仁诚、刘敏、曲钒、辛俞娟、徐丽红、谈洪超、李学刚、韩朝辉、董洪元、徐从杰、姜煊、刘伟、姜瑞珍、王子荣……好多好多曾经的领导和共事过的同事们，或许他们都不曾记得，或许那些在我看来很重要、很温暖的帮助只是他们的日常，是他们"传帮带"的初衷，却让我有了留下来的动力。如今想来，这是一个人进入某种职业，并愿意为之奋斗的情感所在。而今天我更愿意让这样的一种情感，通过我传递给更多优秀的年轻人，在这个浮夸的时代，保留一片纯粹，读读书，卖卖书。

这份感动还来自和我一起战斗的小伙伴们，重要的活动，大家一起干，干着干着，就开心地笑了，即便是眼泪，也是开心的眼泪。

还有那些努力在基层的同事们，每次活动都积极落实，积极配合，他们都是梅子涵先生笔下的"袁赟们"，还有起早贪黑跟着我跑校园的司机周师傅、张师傅、段师傅、邵师傅……他们都是我的家人，拥有这样的家人，有谁会不开心呢？

还有一位既是家人，也是客人，他便是现任青岛作家协会主席的高建刚先生。曾经的他也是一名书店人，把一捧青春献给了书店。日常工作之余，坚持写作。所以，他在得知我也喜欢阅读与写作的时候，总是鼓励我坚持。他说，在他的那个"书店年代"，喜欢阅读的店员很多，也有喜欢写作的，而且写得也挺好，只是很多人没有坚持。是啊，我想他是从坚持中获得回报的幸运之星，作为"同事前辈"和"写作导师"，他拥有既是家人、又是客人的双重身份，他的每一句话都是希望我好，我们好，我们的书店好。谢谢您，高老师！

其实，无论是客人，还是家人，都是有追求的人。写下这篇后记的当天，听到任群的在职研究生有两门课程通过，徐冠华的人事资格考试最高级别通过，我内心无比地开心。平凡工作中的小小追求，小小实现，正是这座房间中每一位成员眼前的生活，更是我们的红地毯。

原本这篇后记到这里已经结束，可是等到书临近印刷时，李茗茗女士已调回集团本部，担负其他重任，我们也迎来了一位更加年轻有魄力的新"掌门人"。

明灿灿的迎春花开了，每年的三月份，它们都会开放，可每一朵又都是不一样的，就像每一个初见的春天，温暖而有朝气，我们眼前的红地毯也将迎来更多的人，更多的热情，和更多的鲜艳！

图书在版编目（CIP）数据

一个不大的房间/袁赟编著. — 青岛：青岛出版社，2019.5
ISBN 978-7-5552-8004-0

Ⅰ.①一… Ⅱ.①袁… Ⅲ.①散文集－中国－当代
Ⅳ.① I267

中国版本图书馆 CIP 数据核字 (2019) 第 060919 号

书　　名	一个不大的房间——你和我，书店和作家们
编著著者	袁　赟
出版发行	青岛出版社
社　　址	青岛市海尔路 182 号（266061）
本社网址	http://www.qdpub.com
邮购电话	13335059110　0532-85814750（传真）0532-68068026
责任编辑	吴清波　梁　娜　李　闻
特邀编辑	厚　朴
装帧设计	祝玉华
封面插画	绿　茶
摄　　影	任纯朴等
排　　版	光合时代
印　　刷	青岛海蓝印刷有限责任公司
出版日期	2019 年 5 月第 1 版　2019 年 7 月第 2 次印刷
开　　本	32 开（850mm×1168mm）
印　　张	7.625
字　　数	150 千
印　　数	3001-6000
书　　号	ISBN 978-7-5552-8004-0
定　　价	39.80 元

编校印装质量、盗版监督服务电话：4006532017　0532-68068638